112일간의 엄마

112일간의 엄마

펴 낸 날 | 2016년 10월 31일 초판 1쇄

지 은 이 | 시미즈 켄
옮 긴 이 | 신유희
펴 낸 이 | 이태권

책임편집 | 박송이
편   집 | 박솔재
책임미술 | 양보은

펴 낸 곳 | (주)태일소담
            서울특별시 성북구 성북로8길 29 (우)02834
            전화 | 745-8566~7   팩스 | 747-3238
            e-mail | sodam@dreamsodam.co.kr
            등록번호 | 제2-42호(1979년 11월 14일)
            홈페이지 | www.dreamsodam.co.kr

ISBN   979-11-6027-004-4 03830

이 도서의 국립중앙도서관 출판시도서목록(CIP)은 서지정보유통지원시스템 홈페이지
(http://seoji.nl.go.kr)와 국가자료공동목록시스템(http://www.nl.go.kr/kolisnet)에서
이용하실 수 있습니다.(CIP제어번호: CIP2016024158)

• 책값은 뒤표지에 있습니다.
• 잘못된 책은 구입하신 곳에서 교환해드립니다.

112일간의
엄마 112日間のママ

시미즈 켄 지음

신유희 옮김

소담출판사

목차

. . . .

제1장 만남부터 결혼까지

어느덧 나는 그녀가 옷을 갈아입혀주는 동안
툭 하니 말을 건네게 되었다.
"오늘 괜찮을까."
나오는 생긋 웃어주었다.
"문제없어요."

제2장 임신 직후에 발견된 유방암

"만약 재발한다면,
아이는 나 혼자 키워야 하잖아."
내가 그렇게 말했을 때
날 향한 나오의 얼굴이 잊히지 않는다.
나오가 내게 그런 표정을 보인 것은 그때가 처음이었다.

제3장 투병, 다케토미 섬으로 마지막 여행

곤도이 해변에는 우리 세 식구밖에 없었다.
나오. 나. 그리고 아들. 우리 독차지였다.
"좋아, 바다를 배경으로 셋이서 사진 찍자."
나는 셀프타이머를 작동시켰다. 셔터가 내려간다.
나는 행복의 순간을 도려냈다.
사진 속에 '순간'을 가뒀다.

제4장 긴급 입원, 마지막 이별

새벽 3시였다.
나는 더 이상 보고 있을 수가 없었다.
이제 더 이상은 무리다.
나오의 남편으로서,
나오는 더 이상 이렇게 괴로워하지 않아도 된다.
그리고 아들의 아버지로서,
엄마의 이 모습은 이제 보이고 싶지 않다.

제5장 방송으로 복귀

하지만 어땠을까, 실제의 나오는.
두려웠으리라. 힘들었으리라.
울부짖고 싶었으리라.
그렇다면 함께 울고, 분노하고,
때로는 미친 듯이 고함을 질러주었어야 하는 것 아닐까.
함께, 무섭다고 소리쳤어야 하는 것 아닐까.

프롤로그

―◇◇◇◇◇◇◇◇◇◇◇◇◇◇◇◇◇◇―

이것이 나오와 아들과
내가 살아가고 있는 증거이다.

―◇◇◇◇◇◇◇◇◇◇◇◇◇◇◇◇◇◇◇―

셋이서 살아가는 길

이 책의 표지에 실린 사진은 2014년 연말에 다케토미 섬(오키나와)으로 여행 갔을 때 찍은 것이다. 나오가 항암제 부작용에 시달리고 있던 터라 내심 포기하고 있던 일정이었는데 그때만 '기적적'으로 몸 상태가 나아져 우리 셋이서 다녀올 수 있었다. 우리 세 식구의 처음이자 마지막 여행…….

다케토미 섬에 도착한 나오는 줄곧 "눈을 뜰 수가 없네"라고 말했다. 태양과 바다에 반사된 빛 때문이었다. 몇 달 만에 쐬는 자연의 빛이었을까. 병실 아니면 집 안의 조명을 받는 게 전부일 정도로 긴 입원과 투병 생활이 이어져왔다. 하지만 눈부셔 하는 그 얼굴은 확실히 빛나고 있었다.

나는 필사적으로 카메라 셔터를 눌렀다. 여행할 수 있게된 기쁨을 안고. 물론 이것이 마지막은 아니라고 믿고 싶었다. 하지만 '지금의 나오'를, '엄마가 된 나오'를 남겨두어야 한다고 생각했던 것 같다. "엄마는 이토록 너를 예뻐했단다, 이토록 다정했단다" 하고.

상냥한 표정으로 사랑스레 우리 아이를 품에 안은 나오. 이제 와 생각한다. 사진 속에 담긴 행복한 '순간', 이 순간을 훗날 아들에게 보여줄 수 있어서 정말 다행이라고……

사실 체력이 많이 떨어진 상태여서 걷는 것 자체가 신기할 정도였다. 그런데도 나오는 온전히 자신의 다리로 서서 아들을 안고 있다. 몸도 야위고 항암제 탓에 얼굴도 부어 있다. 허나 아무리 찾아봐도 힘들어 보이거나 마뜩잖아 하는 표정으로 찍힌 사진이 한 장도 없다. 정말이지 단 한 장도 없다.

이 강인함이 바로 나오다. 이 상냥함이 나오다.

나오는 이 사진을 찍고 나서 한 달 좀 지나 우리 앞에서 사라져버린다. 엄마로 있을 수 있었던 시간은 112일. 하지만 '온기'는 잊을 수 없다. 잊힐 리가 없다.

그때 나오는 바다를 보면서 무슨 생각을 했을까…….

나오의 투쟁을…….

이 책을 쓰기에 앞서 망설임이 없었다면 거짓말일 것이다. 나오와 함께한 시간, 사랑하는 우리 아이와 함께한 '세 사람의 시간'은 그 무엇과도 바꿀 수 없고 말로는 표현하기 어려운 우리만의 소중한 것이기에.

부끄럽기 그지없지만, 나 자신이 이런 상황을 겪고 나서야 비로소 알게 되었다. 지금 이 순간에도 병마와 아니, 단지 질병만이 아닌 갖가지 심각한 어려움에 맞서 죽을힘을 다해 싸우고 있는 분들이 많다는 것을.

내가 뭘 할 수 있을지, 솔직히 그건 잘 모르겠다. 시간이 흐르면 흐를수록 슬픔은 깊어지고 원통함은 더해만 간다. 그래서 눈물 흘릴 때도, 뒤돌아볼 때도, 멈춰 설 때도 있다. 하지만 이런 시미즈 켄이라도 무언가의 다리 역할을 할 수 있다면…….

그로부터 1년……. 2015년 12월 25일, 「간사이 정보넷 ten.」(통칭 「ten.」) 연말 마지막 방송을 마친 날, 나는 지난해와 마찬가지로 다른 사람들에게는 보일 수 없는 눈물을 홀로 흘렸다. '격동'도, '변화'도, '애썼다'도 아닌 눈물……. 하지만 작년에 흘렸던 눈물과는 다른 의미의 눈물이면 좋겠다고 스스로를 다독이며 눈물을 훔치고 사람들 앞에 섰다. 지금까지의 인생, 약해 빠진 주제에 한없이 강한 척하며 살아왔건만 왜 이리 눈물 바람인지……. 아내가 "참지 않아도 돼요"라고 말해주는 것만 같다. 한편으로는 "다른 사람들에게 걱정 끼치면 안 돼요"라고도.

정말 많은 분들에게 걱정을 끼치고, 많은 분들로부터 따뜻한 말씀과 마음을 받았다. 나 같은 사람에겐 과분할 정도로 많이. 천 번 만 번 감사드려도 부족할 따름이다.

그러니 단 한 분이라도 '앞을 향해 가겠다' 하는 분이 계신다면, 내가 아내 나오와 함께 싸워온 시간들을 기록함으로써 보답하고 싶다.

지금의 내가 할 수 있는 일.
지금의 내가 해야만 하는 일.
이런 나라도 할 수 있는 일이 있다면.

주치의 선생님이 보내주신 메일에는 이런 내용이 담겨 있었다.

"유감스럽게도 나오 씨에게는 처음부터 간에 미세한 전이가 있었던 것으로 짐작됩니다. 하지만 나오 씨와 시미즈 씨두 분의 '아드님'이 태중에서 두 분을 지켜주지 않았나 싶습니다. 설사 출산을 포기하고 유방암 치료에 전념했더라도 남은 시간은 크게 달라지지 않았을 것입니다. 그렇기에 두분 사이에 생긴 아드님을 무사히 낳을 수 있었던 일, 엄마가되어 아드님을 남긴 일이 '기적'이며 나오 씨는 그 기쁨을 경험할 수 있어서 행복했을 겁니다."

확실한 건 알 수 없다. 아니, 굳이 알 필요가 있을까.

지금 내 곁에는 나오와 함께 만든 '보물'이 있는데.

나오는 자신이 얼마 못 산다는 것을 알고 있었을 것이다. 괴롭고 억울하고 무섭고 불안하고, 그런데도 '셋이서 살아가기로' 마음먹은 나오는 단 한 번도 포기하는 일 없이 '가족'을 지키려 했다. 나오는 "나, 애썼어"라는 말은 하지 않을 거다. 나오에게는 그것이 당연한 일이었으니까.

그런 나오가 내게 맡겨주었다.

나는 지킬 것이다. 그리고 전하며 살아가고 싶다. '엄마의 위대함'과 '생명의 온기'를……

여기에, '셋이서 살아가는 길'을 선택한 아내 나오와 함께 싸운 시간을 기록한다.

이것이 나오와 아들과 내가 살아가고 있는 증거이다.

제1장

만남부터 결혼까지

어느덧 나는 그녀가 옷을 갈아입혀주는 동안

툭 하니 말을 건네게 되었다.

"오늘 괜찮을까."

나오는 생긋 웃어주었다.

"문제없어요."

나오를 처음 만나게 되었던 건 「간사이 정보넷 ten.」 덕분이
었다.

나는 2009년 3월 30일에 시작된 저녁 보도 프로그램인
「ten.」으로 요미우리 TV에 입사한 이래 처음으로 보도 프
로그램에 고정 출연하게 되었다. 그때까지 정보 버라이어티
프로그램 위주로 일해왔던 나에게 보도 프로그램 진행이란
새로운 영역을 경험할 큰 기회였다. 다만 불안감도 그에 못
지않게 컸다.

그런 나의 불안을 누그러뜨려주는 존재가 바로 나오—훗
날 나의 반려자가 되는 여성—였다.

내가 생각해도 나는 미덥지 않은 캐스터였다. 다른 방송국
이 보통 40~50대 베테랑 뉴스 캐스터를 중심에 앉히는 데

반해 나는 30대 중반. 저녁 이 시간대의 주요 시청자는 이른 바 F3층(50세 이상 여성)과 M3층(50세 이상 남성)이다.

"애송이가 뭘 안다고."

"버라이어티 출신이 뉴스를 제대로 읽기는 할까?"

"시미켄한테 맡겨도 정말 괜찮을까?"

은연중에 그런 말들이 돌던 것도 알고 있었다.

전쟁이 시작되었다.

매일 아침 8시까지 출근해 주요 일간지를 비롯하여 경제지, 스포츠지에 이르기까지 모든 신문을 훑는다.

그러고 나서 본방 종료 때까지 머리를 풀가동. 몇 차례 협의를 거치면서 코멘트를 정리하고 다양한 주제를 선정하여 본방에 임한다.

오후 2시경, 헤어 손질과 메이크업을 받고 의상을 갈아입는다. 차분하게 숨 고르기를 하는 중요한 시간이다.

그리고 오후 4시 47분부터 본방. 생방송이 끝나는 오후 7시까지 한시도 긴장의 끈을 놓을 수 없다.

집에 돌아오면 이때부터는 '자기 반성회' 시간이다. 녹화해둔 그날분의 방송을 찬찬히 다시 본다.

한 마디 한 마디를 꼼꼼하게 모니터하고, 다음 날 방송에 대비한다. 날마다 이 과정을 되풀이했다.

2011년 9월부터 메인 캐스터가 되었다. 「ten.」은 1부와 2부로 구성되어 있다. 어느 시간대든 다채로운 패널리스트와 함께 시청자에게 가까이 다가가는 프로그램, 시청자와 함께 생각하는 프로그램을 만들고 싶다는 것이 캐스터로서 내가 늘 바라는 점이었다.

타협하려 들면 얼마든지 할 수 있다. 하지만 내 등에는 백 명이 넘는 스태프들의 생각이 실려 있다. 나는 단지 그 사람들을 대표하여 그 자리에 앉아 있는 것에 지나지 않는다.

"시미켄이라서 안 볼래" 하고 시청자들에게 외면당한다면 그 많은 스태프들의 생각과 노력이 물거품으로 돌아가버린다. 올곧게 그리고 열심히, 나는 계속 달렸다. 그러는 수밖에 없었다.

다행히 이듬해에는 2부로 시청률 1위를 획득, 이후 1위 자리를 유지하고 있다. 1부도 뉴스 프로그램 중에서는 1위에 올라설 수 있게 되었다. 물론 기쁜 일이긴 하지만, 그만큼 많은 사람이 지켜보고 있다는 사실은 내게 큰 부담이기도 했다.

보도 프로그램으로 옮겨온 내게 헤어 손질과 메이크업을 받고 의상을 갈아입는 시간은 무척 귀중했다. 본방 서너 시간 전부터는 늘 긴장이 최고조에 이르고 신경이 곤두서기 시작했다. '오늘은 지치네' 하는 생각이 드는 날이 있는가 하면, 솔직히 말해 기분이 내키지 않는 날도 있었다. 또 나만의 세계에 들어앉아 주변 소리를 전부 차단하고 싶은 날도 있었다. 여하튼 일이 너무 벅차다 보니 전장으로 나가기 전, 나 자신을 새롭게 바꾸는 시간이 귀중할 수밖에 없었다.

나오는 보조 스타일리스트 중 한 명이었다. 이때 나오는 스물넷. 오사카에서 태어나 고등학교를 마치고 스타일리스트 전문학교를 졸업한 후, 메인 스타일리스트의 어시스턴트로 일하고 있던 참이었다. 월요일부터 금요일까지 평일에는 날마다 얼굴을 마주했다. 매일같이 반복되는 일과 중에 한두 마디씩 대화를 나눌 정도가 되었지만, 처음부터 그녀의 존재가 신경 쓰였느냐고 묻는다면 그건 아니다. 어디까지나 스태프 중 한 사람이었을 뿐. 아니, 워낙 긴장하고 있었기 때문에 주위를 둘러볼 여유가 없었다는 것이 맞는 대답인지도 모르겠다. 반년쯤 지났을까. 그사이 나오는 어시스턴트가 아닌 정식 스타일리스트로서 나를 전담하게 되었다.

"오늘은 좀 피곤하신가 봐요?"

언제부터였을까, 그 한마디가 신경 쓰이게 된 것이. '신경 쓰였다'라는 표현은 옳지 않을지 모른다. 나오의 그 말은 내 마음을 진정시키고 기분을 편안하게 해주었다. 그런가 하면, 내가 누구와도 아는 체하고 싶지 않아 나만의 세계에 틀어박혀 있는 듯한 날엔 나오는 절대 말을 붙이지 않았다.

지금까지의 '시미켄'으론 안 된다는 것은 누구보다 내가 가장 잘 알고 있었다. 캐스터에게는 신뢰감이 필요하다. 그럼 어떻게 해야 하나……. 누구보다 많이 공부하고 누구보다 먼저 현장에 나가 취재한다. 이러한 것들이 필요하다. 시청자들의 신뢰를 얻어야 하는 것은 물론, "시미즈, 이제 좀 제대로 하는 것 같네"라고 봐주는 스태프나 보도부 기자들의 신뢰도 필요하다. 그것을 어떻게 이뤄낼 것인가……. 당연한 일을 당연하게 한다. 단지 그것뿐이었다.

캐스터라고 해서 딱히 대단할 건 없다. 지극히 당연한 일을 당연하게 해내느냐 마느냐, 그 점이 중요하다고 나는 생각한다. 그래서 '오늘은 피곤하니 이 신문은 읽지 말고 넘어갈까?', '오늘 밤은 너무 졸린데 자기 반성회를 생략할까?'라는 생각이 들어도, 나는 한다. 왜? 불안하기 때문에 한다.

특히 메인 캐스터 자리에 앉은 초창기에는(지금도 그렇지만) 하루하루 너무 불안해서 잠 못 드는 날이 이어졌다. 그 와중에 불안이 평소의 다섯 배, 열 배로 밀려드는 날도 있었다. 예를 들어, 하시모토 도오루 오사카 시장(당시)이 오늘 스튜디오에 출연하기로 되어 있다면 나의 불안은 배가되었다. 또 대여섯 시간씩 이어지는 특별 프로그램이 잡혀 있어도 역시 불안했다.

내가 과연 시장과 마주 앉아 제대로 된 토론을 이끌어갈 수 있을까, 다섯 시간이고 여섯 시간이고 온전히 유익한 정보를 전달할 수 있을까, 하고. 당연히 기자나 스태프들에게 이런 심정을 털어놓을 순 없는 노릇이고, 그렇다면 어디에다 약한 소리를 해야 하나……. 그런 나날의 연속이었다.

어느덧 나는 그녀가 옷을 갈아입혀주는 동안 툭 하니 말을 건네게 되었다.

"오늘 괜찮을까."

나오는 생긋 웃어주었다.

"문제없어요."

숨겨도 그만이었다. 그때까지 몇 명의 여자를 사귀어봤지만, 나도 모르게 허세가 몸에 배어버렸는지 약점을 내보이기가 어려웠다. 가끔은 기대고도 싶은데 그럴 수가 없었다. 하지만 나오는 달랐다.

'약점을 보여도 괜찮은 건가?'

처음으로 그런 생각이 들었다. 약점을 보여도 따뜻하게 감싸주었다.

옷을 갈아입는 시간이 내게는 자연스레 치유의 시간으로 변해갔다. 나오가 입혀주는 재킷에 팔을 꿰고 나오가 매주는 넥타이를 한다. 나오라는 존재가 나의 일상 속에서 큰 자리를 차지하게 되었다.

첫
데이트

첫 데이트 신청을 한 때가 언제였더라. 아직 메인 캐스터가 되기 전이었지 싶다.

"늘 여러모로 도움받고 있어서 감사의 인사를 하고 싶은데. 식사라도 같이하면 어떨까?"

"네, 고맙습니다."

나오는 여느 때와 다름없이 웃는 얼굴로 오케이 해주었다.

평소의 고마움에 대한 답례로 마련한 식사 자리였는데 그 자리의 그 공기가 기분 좋았다. 오코노미야키를 먹으며 "네", "그렇죠" 하고 맞장구를 쳐주는 나오. 결코 대화가 활기를 띤다고 보기는 어려웠지만 어딘가 호흡이 잘 맞았다. 첫 데이트인데도.

그 후로도 몇 차례 더 식사 자리를 가졌는데, 어느 날인가 대화를 이어가던 중에 나오에게 말했다.

"우리 사귈까?"

"네. 이런 저라도 괜찮다면."

이때도 역시 나오는 평소와 다름없는 미소를 띠고 고개를 끄덕여주었다.

사귀기 시작하고 나서도 나오의 태도는 변함없었다. 나는 딱히 숨길 생각이 없었는데 나오는 부모님과 회사 동료에게 조차 비밀로 했던 모양이다. 결과적으로 우리 둘 사이를 알았던 사람은 나와 가깝게 지내던 탤런트며 회사 관계자까지 열 명 정도였지 싶다.

나야 무슨 소리를 듣던 상관없었지만 나오는 달랐을 것이다. "진행자인 시미즈 켄이 여자 스태프에게 작업을 걸었다"라는 말도 나올 수 있는 상황이었다. 결코 손가락질 받을 사이가 아니어도 소문이란 때때로 이상한 방향으로 흘러가기도 한다. 나란 존재 때문에 피해가 가선 안 돼. 상대의 앞길을 막고 싶지 않아. 나오는 그렇게 마음 써주었던 것 같다.

'걸림돌이 돼선 안 돼.' 분명 그것이 나오의 마음가짐이었을 것이다. 나를 방해하지 않는다. 나에게 해가 될 만한 일을 하지 않는다. 그래서 자기 스스로 "우리 사귀고 있어요"라는 말을 하지 않았다. 나오는 어디에 데려가 달라, 이걸 하고 싶네, 저걸 갖고 싶네, 라는 말을 꺼낸 적도 없다. "안 해!", "난 싫어!" 하는 식으로 자기주장을 강하게 내세운 적도 없다.

　그뿐만 아니라 나오는 스타일리스트로서의 신념을 굽히지 않았다. 나오에게 스타일리스트란 '뒤에서 일하는 사람'이었다. 자신의 뒷받침으로 인해 연기자든 모델이든 한층 빛나는 것이 목표였다. 자기 자신이 돋보이고 싶다거나 하는 생각은 전혀 안 했다. 뒤에서 일하는 사람은 어디까지나 뒤에서, 오로지 뒷받침에 매진한다. 그것이 나오가 일하는 방식이었다. 자신으로 인해 그 사람이 빛나는 모습을 보는 것, 나오에게는 그것이 가장 큰 기쁨이었다.

　"우리 사귀는 거, 딱히 숨기지 않아도 돼."

　교제를 시작하고 나서 누차 그런 말을 했지만, 변함없이 나오는 "응" 하고 웃으며 고개를 끄덕일 뿐이었다. 나오는 역시 나오임을 바꾸지 않았다. 여전히 무대 뒤의 조력자로서 나를 받쳐주었다.

　단둘이 있을 때 무슨 이야기를 나누었나, 떠올려보아도 사실 그다지 많은 대화를 나눈 기억이 없다. 이런 일을 하다 보면 자칫 수다스러운 사람으로 비치기 쉬운데 사실 나는 평소 말수가 적다. 물론 대화를 싫어하는 건 아니지만, 여자들로부터 "왜 아무 말도 안 해주는데?", "뭘 생각하는지, 말을 해봐" 하고 채근당한 적이 몇 번인지 모른다.

2011년 가을 무렵, 사귀고 나서 처음으로 둘이 여행을 갔다. 행선지는 아마미오 섬. 딱히 이렇다 할 이유는 없었지만 나오가 추위를 잘 타는 체질이라 "되도록 따뜻한 곳으로 갈까?" 하여 가게 되었던 것 같다.

그래서 결국 뭘 했느냐면, 둘이 해변에 앉아 어깨를 맞댄 채 아마미오 바다를 멍하니 바라봤다.

"바람이 기분 좋네."

"응."

"바다가 예쁘다."

"응."

대화를 나눈다기보다 그저 둘이 함께 앉아 있었다.

둘이 자주 간 한국 여행 때도, 내 고향에 있는 곤고산에서 데이트를 즐겼을 때도 그랬다. 별다른 대화가 없어도 나는 즐거웠고 왠지 기분이 좋았기에 점차 그 시간들이 내게는 없어서는 안 될 소중한 시간이 되었다.

둘만의 시간을 나오와 마음으로 맛보았다. 곁을 돌아보면 나오가 있고, 눈이 마주치면 웃는 낯으로 바라봐주었다. 그저 함께 같은 경치를 보고, 같은 것을 맛보고, 같은 시간을 보냈다.

내가 살던 맨션에 놀러 왔을 때도 나오의 태도는 변함없었다. 일이 끝나 맨션으로 돌아오면 나는 어김없이 정해진 일과―녹화해둔 그날분의 방송을 보는 것―를 따랐다. 나오는 그 곁에서 말없이 함께해주었다.

"어땠어?"

"응, 아주 좋았어요."

나오의 웃는 얼굴에 나는 또 얼마나 큰 위안을 받았던가. 이럴 때 거리낌 없이 직언해주길 바라는 사람도 있겠지만 나는 달랐다. 그 무렵 나는 중압감에 짓눌린 채 늘 불안 속에서 헤매고 있었다. 팽팽해질 대로 팽팽해진 실이 언제 어느 때 끊어져버릴지 알 수 없는 상황이었다.

"아주 좋았어요"라는 소리를 들을 만한 일을 못하고 있다는 건 내 자신이 가장 잘 알았다. 하지만 그래서 더더욱 "아주 좋았어요"라는 말을 듣고 싶어 하는 내가 있었다. 단 한 사람이라도 좋으니 누구에게든 확실하게 인정받고 싶었다.

"어땠어?"

"응, 아주 좋았어요."

나오는 알고 있었던 거다. 내가 그런 말을 듣고 싶어 한다는 걸. 나오가 생각하기에도 '여긴 이렇게 하는 편이 낫지 않을까?' 하는 부분이 분명 있었을 것이다. 하지만 절대 그것을 입 밖에 내지 않았다. 그 대신 "아주 좋았어요" 하고 매번, 반드시, 용기를 북돋워주었다.

사귀고 나서 처음 맞는 생일, 나는 나오에게서 축하 카드를 받았다. 거기에는 이렇게 쓰여 있었다.

'시미즈 씨라면 문제없어요.' 나는 그렇게 믿어요.

앞으로도 계속해서 도전해주세요.

언제까지고 언제까지고 응원할게요.

가끔은 우리 같이 느긋~하게 쉬어가자고요.

나오로부터

만남이 깊어지고 마음을 허락하게 되면서 나오에게 푸념하는 횟수도 늘어갔던 것 같다. 서로 일이 바빠서 근 일주일

만에 둘만의 시간이 주어진 날조차 하루 종일 언짢은 얼굴을 한 적도 있다. 이 무렵의 나는 나오에게 마음 쓸 여유가 없었던 것 같다. 변명으로밖에 들리지 않겠지만, 여하튼 내 일만으로도 벅찰 지경이었다. 그런데도 나오는 싫은 내색 한 번 하지 않았다. 늘 그렇듯 웃는 얼굴로 나를 감싸고 살며시 팔짱을 껴주었다. 나는 그 따스함에 기댔다.

내가 아무리 푸념을 늘어놓아도, 일이 잘 풀리지 않았다고 한탄해도, 그때마다 나오는 언제나 고개를 끄덕여주었다.

"응."

"그래요?"도 아니다. "그러게"도 아니다. 그저 "응" 하고 고개를 끄덕여주었다. 그리고 어김없이, "시미즈 씨라면 문제없어요"라고 말해주었다.

생일의
프러포즈

사귄 지 2년. 캐스터로서 아직 한 사람 몫을 못하는 내가 결혼을 해도 될까, 하는 생각도 있었다. 또한 나오에게 이런 나라도 괜찮을까, 하는 생각도. 괜히 결혼해서 나오만 점점 더 힘들어지는 건 아닌지. 그런 한편, 나오를 2년씩이나 어정쩡하게 놔두고 있었다는 생각도 들었다. 나오의 성격으로 볼 때 결혼하지 않는 이상 우리 둘 사이를 누구에게도 말하지 않겠다 싶었다.

결심했어. 결혼하자.

일단 결정하고 나면 나는 흔들리지 않는다.

주오 대학에 진학한 것만 해도 그렇다. 사람들의 마음에 '순간'을 남길 수 있는 일을 하고 싶다, 그런 직업은 아나운서가 아닐까? 그렇게 생각했던 난 주오 대학에 문학부 사회학과 매스컴 미디어학과가 있다는 것을 알고, '아나운서를 목표로 공부하려면 바로 여기다' 하고서 덜컥 응시했다.

취직할 때도 그랬다. 내가 소속되어 있던 체육회 '아메리칸 풋볼부'는 당시 취업하기에 유리한 면이 많았지 싶다. 매스컴 쪽이 아니었다면 그 분야와 관련된 길로 갔을지도 모른다. 하지만 '아나운서가 되겠어!'라고 마음먹은 나는 도전했다.

하겠다고 마음먹으면 흔들리지 않는다. 그것이 어떤 길이 됐든. 뭐, 이런 말을 하면 대단히 거창하게 들릴지 모르지만, 그렇지는 않다. 나는 단지 흔들린다는 것이 두렵고, 사소한 일로 금세 고민에 빠져 끙끙대고, '이래도 정말 괜찮을까?' 하는 소심한 사람일 뿐이다.

결혼하기로 마음먹은 나는 나오와 함께 모델하우스를 돌아보고, 나오의 의견도 물어 지금 살고 있는 맨션을 구입했다. 그때가 연말이 가까운 11월이었다.

그리고 해가 바뀌어 2013년 3월 10일. 나오의 스물여덟 번째 생일. 사실 그때까지 기다릴 것 없이 신혼집을 장만했을 때 청혼했어도 좋았다. 하지만 멋있는 척하면서도 부끄러움 많은 내가 불쑥불쑥 얼굴을 내미는 바람에 진즉에 정해놓고도 좀처럼 입 밖에 내지 못하는 나날이 계속되었다. 따라서 나오의 생일은 다시없을 좋은 기회였다.

나는 단골 레스토랑을 예약해놓고 나오와 약속을 잡았다. 그런데 생일 선물로 뭘 받고 싶냐고 물어도 나오는 필요 없다는 대답만 했다.

나오는 스타일리스트다. 당연한 말이지만, 여하튼 패션을 좋아해서 틈나는 대로 노트나 수첩에 드레스 디자인 같은 것을 스케치하곤 했다. 옷이며 가방, 구두, 모자 같은 건 옷장에 다 들어갈 수 없을 만큼 많았다. 하지만 값비싼 물건은 거의 없었다. 나는 잘 모르지만, 뭔가 한 가지로 포인트를 주고 저렴한 것들로 요리조리 코디해서 패션을 즐기는 것 같았다.

"뭔가 갖고 싶은 거 없어? 뭐가 좋을지 말해봐."

그렇게 몇 번을 말해도 "필요 없어요"라는 한마디뿐. 결국 레스토랑에 부탁해둔 서프라이즈 생일 케이크로 축하하고, 집으로 돌아와 하나 더, 준비해둔 진짜 선물을 했다.

> "내가 절반,
> 생긋 짊어질게요."

"이거."

나는 접어놓은 혼인 신고서를 봉투에서 꺼내 나오에게 건
넸다.

"고마워요."

나오는 살짝 망설이면서도 역시 웃는 얼굴로 답했다.

하지만 웃고 있는 그 표정 너머로 '정말 나로서 괜찮을까'
하는 기색이 엿보였다. 나오다웠다.

"왜 그래. 나오밖에 없다니까."

나는 얼른 서명하라고 재촉했다.

그리고 며칠 안 돼 나오와 함께 스미요시 다이샤住吉大社
신사를 찾아가 물어보니 "5월 19일이 비어 있습니다"라고
하기에 그 자리에서 식장을 잡아버렸다.

"저기, 5월 19일에 시간 돼요?"

부모님과 친척들에게 알린 것은 그 후였다.

사카이 시에서 나고 자란 나는 옛날부터 절기마다 스미요시 다이샤를 찾았다. 나오하고도 새해맞이 참배를 다녀온 적이 있기에 이곳에서 식을 올리고 싶다는 건 이를테면 나의 고집이었다. 3월에 청혼하고 5월에 식을 올리는 초스피드 진행에 나오는 놀랐을지 모른다. 하지만 역시 나오는 "응" 하고 고개를 끄덕이고는 따라와주었다.

결혼식을 한 달 정도 앞둔 4월 19일. 내 생일에 나오가 보낸 축하 카드가 도착했다. 사귀고 나서부터 연례행사가 된 나오의 선물이다. 거기에는 이렇게 쓰여 있었다.

> 시미즈 씨가 안고 있는 무~거운 짐은
> 내가 절반, 생긋 짊어질게요.
> 시미즈 씨라면 문제없어요!
>
> 미래의 신부로부터

'내가 버팀목이 되겠다'라는 강한 선언이 아니라, '내가 절반, 생긋 짊어질게요' 하고 조심스러워하는, 그러면서도 마음 든든한 대사. 내 '뒤에서 일하는 사람'. 나오는 어디까지나 그 역할에 충실하려 했다.

결혼 후 나는 달라졌다.

그 전까지는 내 일만으로 벅차서 스태프들에게 이기적인 말로 언성을 높인 적도 있었다. 마음에 여유라곤 전혀 없이 내 문제가 다급하다 보니 당연히 상대를 헤아릴 여유가 없었다. 여유가 없으니 사소한 일이 신경 쓰이고, 그래서 쉽게 짜증을 내고 말았다. 완벽을 추구하는 성격도 한몫했다. 흡사 어린아이 같았다.

그런데 결혼해 같이 살기 시작하자 24시간 나오의 존재가 있었다. 물론 일이 있으니 내내 붙어 있을 순 없지만, 안도감이 달랐다.

결혼할 때 나오와 딱 한 가지 약속한 게 있다. '서로 자연체로 살자'라는 것. 나도 힘들면 힘들다고 말할 테니, 나오도 힘들 땐 힘들다고 솔직하게 말해줘. 서로 참고 살진 말자. 나오는 여느 때처럼 "응" 하고 생긋 웃어주었지만, 결국 참지 않았던 건 나뿐이었는지도 모르겠다.

제아무리 좋아하는 사이라도 함께 살다 보면 생활 습관의 차이가 드러나기 마련이다. 몇 십 년 동안 자신만의 방식대로 생활해왔으니 왜 안 그렇겠는가. 목욕, 식사, 청소 방식……. 그 사소한 차이가 다툼으로 이어지기도 한다. 하지만 나오와 나 사이에는 그런 일이 전혀 없었다. 바지 개는 법 하나만 예로 들더라도, 부탁도 하지 않았는데 나오는 내가 어떻게 개는지 유심히 봐두었다가 내 방식 그대로 해주었다.

내가 생각해도 안 좋은 성격 중 하나인데, 나는 아무래도 사소한 것에 꽂히는 경향이 있는 것 같다. 가령 컵을 진열하는 방식만 해도 나만의 고집이 있고, 책장의 책들은 책등이 보이게 가지런히 꽂혀 있어야 직성이 풀리고, 떨어져 있는 머리카락이 눈에 띄면 나도 모르게 조바심이 나는 식이다. 그런 나를 위해 나오는 식기장의 컵이며 그릇 등을 정돈할 때도 온전히 내 방식에 맞춰주었고, 집 안은 늘 깨끗이 청소해주었다. 현관에는 언제나 구두가 가지런히 놓여 있고, 내가 너무 피곤해서 양말이며 입은 옷을 여기저기 벗어던져놓고 그대로 잠이 들어버려도 이튿날 아침이면 벗은 옷가지가 어김없이 옷장 안에 착착 걸려 있었다. 자기 일이 아무리 바빠도 내 식사 준비를 소홀히 한 적 없고, 만약 일 때문에 어쩔 수 없이 자신의 퇴근이 늦어지는 날에도 내가 집에 들어와보면 이미 식탁에 저녁상이 차려져 있었다.

자기 아내를 두고 '완벽하다'고 하면 팔불출 같아 보이겠지만, 나오는 정말 완벽했다.

'시미즈 씨가 안고 있는 무~거운 짐은 내가 절반, 생긋 짊어질게요.'

그렇게 축하 카드에 적은 것을 나오는 나오 나름의 방식으로 실천해주었던 것이다.

나오가 없는 지금…… 새삼 그것을 깨닫는다.

나오라는 좋은 반려자이자 이해자를 얻고 나서 방송일과 사생활 전반에 새로운 리듬이 생겨나던 2013년 7월. 나는 신문 1면을 장식하게 되었다. 오사카 유신회*로부터 그해 가을에 치러질 사카이 시장 선거에 출마해달라는 요청을 받았던 것. 사카이 시에서 나고 자라 많은 것을 느끼고 배운 나는 무엇보다 향토애가 있달까, 아무튼 사카이 시를 좋아한다. 감사하는 마음도 있다. 그렇듯 좋아해 마지않는 사카이 시, 오사카 부 그리고 간사이, '사카이 시를 위해!'라는 말에 잠시 잠깐 멈춰 서버린 것이다.

---

*　　일본 오사카 부를 기반으로 하는 정치 단체.

나오는 '안 된다'라고도 '하는 게 좋겠다'라고도 하지 않았다. 그저 "켄 씨가 선택한 일이 옳다고 봐요" 하고 여느 때처럼 웃어 보였다. "언제든 나는 켄 씨 편이니까"라고. 결국, 나는 생각했다.

나오를 지키지 않으면 안 돼.

지금의 내가 할 수 있는 일이 뭐지? 캐스터로서 뉴스를 전하고, 시청자들과 함께 그 뉴스를 생각하는 일 아닐까.

출마 요청이 있던 당일에도 물론 회사로 향했다. 미디어 관계자들이 진을 치고 있었지만, 나오가 보내온 '별일 없었어요?', '다시 함께 힘내요. 문제없어요'라는 메시지. 나오라는 최고의 아군, 그 존재가 있어서 얼마나 마음 든든했던지.

그리고 이런 미덥지 않은 캐스터인 나를 최선을 다해 뒷받침해주었던 프로그램 스태프들. 정말 많은 이들에게 폐를 끼쳤다. 실제로 출마하지 않았다고는 해도 출마 요청을 받았다는 사실은 남는다. 캐스터 자리를 내놓아야 한대도 이상할 게 없었다.

되찾아야 해, 신뢰를 되찾아야 해……. 많은 사람이 나를 지켜주었어. 그 마음에 보답하고 싶다.

소동이 있고 난 뒤 나는 맡은 일에 한층 힘을 쏟았다.

"스미마셍,
스미마셍,
스미마셍."

2013년 5월 19일, 가까운 사람들만 모인 가운데 스미요시 다이샤에서 결혼식을 올렸다. 앞서 말했듯이 초스피드로 치른 결혼식이긴 했지만, 모두가 기뻐해주고 얼굴에선 웃음이 흘러넘쳤다. 다만 역시 이걸로 끝낼 수는 없었다.

그동안 신세 진 분들에 대한 예의로 그해 9월 8일, 피로연을 열기로 했다. 나도 부끄러움을 많이 타지만, 나오는 나보다 더한 부끄럼쟁이여서 주목받을 만한 자리를 피하곤 했는데, 나는 오히려 그런 나오를 위해서라도 성대하게 치르고 싶었다.

주인공은 나오다.

나오가 주인공으로 보이는 시간을 준비하고 싶었다. 이렇게 된 이상 제대로 하자는 생각에 같이 일하는 마도카 히로시 씨, 그리고 동년배이자 절친인 남성 듀오 '알케미스트'에게 라이브를 부탁했다.

마도카 씨에게는 업무상으로는 물론 개인적으로도 큰 신세를 졌다. 그래서 막상 라이브를 해주십사 조르긴 했지만, 예의 마도카 히로시 씨이다. 「몽상화夢想花」 같은 히트곡을 세상에 내놓은 대가이자, 지금은 탤런트로서도 활약이 대단해 간사이 지방에서는 TV에 나오지 않는 날이 없을 만큼 바쁜 사람이다. 따라서 참석해주는 것만으로도 감사한 일인데 "시미켄과 나오 씨를 위해서라면 어쩔 수 없지" 하고 선뜻 수락해주었다. 마도카 씨에게는 지금도 '떼쟁이 시미즈'로 불린다.

마도카 씨에게는 또 큰 신세를 졌다. 피로연 한 달 보름 후에 치러진 제3회 오사카 마라톤 대회 때도 선수로 뛰는 나를 위해 응원 송을 작사·작곡해주었다(「ten.」의 엔딩 테마 「달려라 시미켄」). 이 일도 내가 떼쟁이로 불리는 근거 중 하나이다. 그 가사 중에 '젊은 전사여 갑옷을 벗어 던지고'란 구절이 있다. 과연 지금의 나는 '시미즈 켄'이라는 껍데기를 깨고 나왔을까.

한편, 평범한 피로연이면 민망할 것 같아서 마도카 씨와 '알케미스트'가 오케이 해준 것에 힘입어 아예 라이브장을 빌리기로 했다.

500명은 오지 않았을까.

동갑내기로 절친이자 업무 동료이기도 한 전前 한신 타이거즈의 아카호시 노리히로 씨가 건배를 선창하면서 파티가 시작되었다. 오쿠노 후미코 씨를 비롯하여 니시다 히카루 씨, 박일 씨, 개그 듀오 '메신저'의 구로다 씨, 야나기 부손 씨. 그 외 탤런트 분들을 포함하여 정말 많은 분이 바쁜 와중에 달려와주었다.

물론, 토요일 아침에 방송되는 정보 프로그램 「아사파라」에 7년간 함께 출연하면서 큰 신세를 진 여성 개그 콤비 하이힐 링고 씨, 하이힐 모모코 씨도 참석해주었다.

두 분은 (어디까지나 내 생각인지도 모르지만) 나를 아들처럼 예뻐해주었기에 혼인신고 때 증인이 되어달라는 부탁도 드린 바 있다.

내 딴에는 그동안 일과 관련된 사람들에겐 약한 소리를 안 하고 살았다 싶었는데 두 사람 눈에는 내가 원래 약한 소리 잘하고 이기적인 녀석이란 게 빤히 보였던 것일 테지. "좀 제멋대로이긴 하지만, 나오 씨, 시미켄 정말로 잘 부탁해요"라는 말을 몇 번이고 되풀이했다.

피로연 자리에서 두 사람의 인사는 흡사 즉석 만담과 다름없었다.

모모코 "시미켄, 나오 씨, 결혼 축하합니다. 양가 여러분도 축하드립니다. 관계자분들도 축하드립니다. 좀 전에 시미켄 어머님이 친히 인사하러 오셔서는, '정말 우리 아들은 심장이 쪼맨해요'라고 하시는데."

링고 "맞아 맞아, 벼룩처럼 쪼맨해요, 라고 하셨죠."

모모코 "그러셨지요. 그래서, '진~즉에 알고 있었습니다' 라고 말씀드렸지요(웃음)."

링고 "······시미켄이 한 말 중에 내 귀에 못이 박이게 남아 있는 말이, 스미마셍,* 스미마셍, 스미마셍, 스미마셍, 스미마셍. 정말 그놈의 스미마셍이란 말밖에 안 남아 있는데 말이지, 애초에 미안할 짓을 하지 말아야지 말이야."

모모코 "맞아. 나오 씨랑 그렇게 살아나가야 할 텐데."

---

* 원래는 미안하고 고마운 마음을 동시에 표현할 수 있는 말이지만, 여기서는 미안하다는 뜻에만 초점을 두고 개그 소재로 쓴 것으로 보인다.

링고 "그래서 말인데, 이제 시미켄이 바람 같은 걸 피웠다간 말이지."

모모코 "걱정 마요, 나오 씨, 그랬다간, 아주 너덜너덜하게 패줄 테니까(웃음)."

링고 "만약 시미켄이 바람피우면, 모모코와 상담해주세요. 이래 봬도 이혼 평론가니까."

모모코 "아니, 누가! 이혼 안 한다니까!"

「아사파라」에서 하차한 지 7년이 지났지만 지금까지도 마음을 써주고 계신다. 모모코 씨에게는 훗날 산부인과를 소개받았다. 링고 씨는 나오가 걱정돼서 수도 없이 문병을 와주었다. 그리고 우리 아들에게 "만약 네가 엇나가면, 나오 씨가 얼마나 애썼는지, 얼마나 좋은 엄마였는지, 24시간 설교할 테니 그런 줄 알아"라고 말해주었다. 정말 고마운 분들이다.

피로연 이야기로 되돌아가서……
「ten.」의 책임 프로듀서인 사카 야스토모 씨의 인사말도 정말 고마웠다.

"여러분, 아시다시피 이 남자는 남보다 갑절 소심한 사람입니다. 그러면서 남보다 갑절 폼쟁이에 허세쟁이죠.

오늘도 거듭 얘기가 나오고 있지만, 일전에 사카이 시장 선거 출마를 둘러싸고 정말 많은 분께 심려를 끼쳤습니다. ⋯⋯저도 실은 이 친구를 하차시킬 시나리오를 준비해두고 있었습니다. 하지만 제가 최종 회신 기한으로 정해놓은 그날, 출마하지 않겠다고, 지금 회사로 가겠다고 말해주었기에 지금 이렇게 아나운서 시미즈 켄이 있는 것입니다.

그렇지만 여러분, 이 또한 다들 알고 계시다시피, 그런데도 이 친구는 미워할 수 없는 사람입니다. 여러분, 모쪼록 이 시미즈 켄을 「간사이 정보넷 ten.」에서 으뜸으로 삼아주시기 바랍니다. 보도 프로그램 캐스터로서의 도전을 부디 성공으로 이끌어주시길 간곡히 부탁드립니다."

피로연의 주인공은 나오였다. 하지만 스포트라이트는 아무래도 나를 향했다. 나오 또한 줄곧 나를 내세우려 했다.

나오의 인사가 비디오테이프에 남아 있다.

"스미마셍, 그럼, 먼저 저부터 인사드리겠습니다. 스미마셍. 오늘 이렇게 많은 분이⋯⋯ 스미마셍, 스미마셍.

이렇게 많은 분이 와주실 줄은 몰랐기에, 너무 가슴이 벅차서, 정말 고맙습니다. 여러분, 오늘 정말, 감사합니다.

좀 전부터 나온 이야기지만, 사카이 시장 선거 건으로 여러분께 정말 큰 폐를 끼쳤습니다. 하지만 이렇게 캐스터로서 나아가기로 결심했으니, 여러분, 모쪼록, 시미즈 켄에게 힘을 빌려주시기 바랍니다. 스미마셍."

　하이힐 링고 씨는 내가 한 말 중에 가장 인상에 남는 말이 '스미마셍'이라고 짓궂게 말했지만, 나오 역시 그 짧은 인사말 중에 '스미마셍'이란 말을 대체 몇 번이나 했는지 모른다.

　나 때문에 사과하고, "시미즈 켄에게 힘을 빌려주시기 바랍니다" 하고 나를 앞세워 인사를 마쳤으니, 결국 그녀를 위한 파티라고는 할 수 없었다.

　나는 그런 아내에게 제대로 고맙단 말을 전했을까.

제2장

임신 직후에 발견된
유방암

<hr />

"만약 재발한다면,

아이는 나 혼자 키워야 하잖아."

내가 그렇게 말했을 때

날 향한 나오의 얼굴이 잊히지 않는다.

나오가 내게 그런 표정을 보인 것은 그때가 처음이었다.

<hr />

새로운
생명

언제든 내 편이 되어주는 사람이 있다―그것은 나에게는 아주 대단한 일이었다. 무엇보다 여유가 달랐다. 같은 일, 같은 행동을 하고 있어도 어딘지 모르게 안정감이 들었다. 불안감만 컸던 캐스터 일도 그랬다. 물론 불안을 완전히 없앨 순 없었지만 조금은 긴장을 풀고 편한 마음으로 임할 수 있게 되었다. 나오 덕분이다.

　결혼한 지 1년쯤 됐을 때였지 싶다. 그날은 「ten.」 방송이 없는 토요일이어서 나는 오전 내내 게으름을 피우며 잠만 잤다. 몽롱한 가운데 '나오는 어디 나갔나 보네?' 했던 기억이 난다. 잠기운에 멍해 있는 참에 나오가 돌아왔다.

"어디 갔었어?"

"병원에."

"병원에는 왜?"

"아기가 생겼대."

"응?"

처음엔 무슨 소리인지 몰라 어리둥절해 있었으나, 곧 잠이
확 달아나면서 나는 뛸 듯이 기뻐 했다.

"정말!? 고마워."

"응."

나는 이때 처음으로 나오에게 고맙다는 말을 전했던 것 같
다. 내 아이가 태어난다는 것보다 나오가 아기를 가졌다는
사실이, 뭐랄까, 엄청나게 대단한 일인 것만 같아 기쁨으로
가슴이 벅차올랐다.

지금 생각하면 임신 3개월은 아직 안정기에 접어들지 않
은 단계이기 때문에 미리부터 여기저기 알려서 좋을 게 없
는 일이었다. 하지만 기쁨을 주체할 수 없었던 나는 곧장 우
리 부모님에게 전화로 알렸다.

"나오도 얼른 부모님에게 전화해."

나오에게도 그렇게 재촉했다.

"힘내자."

"응."

나는 나 자신을 다독이듯 "힘내자"라는 말을 몇 번이고 되
풀이했다.

임신 사실을 알고 나서도 우리 사이는 변함이 없었다. 캐스터와 스타일리스트. 나오는 업무에서도 항상 나를 뒷받침해주고 있었다. 다만 사생활에서는 조금 변화가 생겼다. 당연히 마냥 내 위주로만 살아서는 안 되는 거였다. 나오가 염려되어 나오 대신 우유며 달걀 등을 사러 슈퍼에도 가고, 함께 장을 보는 날엔 무거운 짐을 들리지 않으려 했다.

결혼하고 1년 만에 임신. 그림으로 그린 듯한 행복이다. 나는 행복 속에 잠겨 있었다. 나오도 그랬을 것이다. 딱히 뭔가특별한 일이 없더라도 미소가, 그리고 행복한 공기가 끊임없이 우리 두 사람을 감싸주었다. 나오를 지키자. 그 마음이강해졌다.

임산부에게 이 음식이 좋다더라 하면 그 식자재를 사러 가고, 태교에 좋다는 음반도 사들였다. 둘 다 우리 아이가 태어날 날을 손꼽아 기다리며 매일같이 나오의 배에 손을 갖다대고는 아직 만나보지 못한 우리 아이에게 말을 걸었다.

나의 서른여덟 번째 생일. 나오는 이런 축하 카드를 주었다.

올 한 해도 즐거운 일이 잔뜩 기다리고 있네요.
레이디짱(키우는 반려견)도 있고, 배 속의 아기도 있고, 지켜야 할 보물이 한가득입니다! 이대로 쭉쭉 달려주세요!
나는 언제까지고 함께할게요. 앞으로도 웃는 얼굴로 즐

거운 하루하루를 보내요.

미래의 아빠에게, 미래의 엄마가

　나는 이 행복이 영원할 거라 믿었고 나오도 그렇게 믿어 의심치 않았다. 나오의 배 속에는 우리의 '보물'이 있다. 우리 관계를 더욱 단단하게 이어주는 보물.

가슴에
작은 멍울이

그것은 아주 작은 '멍울'이었다.

정기적인 산전 검진을 받으러 갔을 때 아내가 주치의인 니시가와 선생님에게 "왼쪽 가슴 아래 겨드랑이 쪽에 작은 멍울이 잡히는데요" 하고 상담한 것이 시작이었다. 그다지 신경 쓰일 만한 멍울은 아니었다. 아내도 '걱정돼서……'라기보다는 만약을 대비하자는 가벼운 마음으로 한 상담이었다.

"임신하면 유선 조직이 발달하면서 멍울이 나타날 수 있습니다. 그래도 혹시 모르니 검사를 받아봅시다."

이때는 주치의도 '만일을 위해 검사한다'는 정도로 대응했다. 아내도 나도 정말 가벼운 마음으로 임했다.

검사도 집 근처 병원에서 받기로 하고, 장모님에게 같이 가달라고 부탁드렸다. "검사 결과 나오면 전화 주고" 하고는 나도 평소대로 회사에 나갔다.

검사는 오전 중에 끝난다고 했다. 그런데 좀처럼 전화가 걸려오지 않았다. '응?' 나는 어쩐지 불길한 예감이 들었다. 나오의 휴대전화로 전화를 걸어보았다. 받질 않았다. 몇십 번을 걸었는지 모른다. 하지만 전화를 받을 수 없다는 안내 멘트만 계속해서 흘러나왔다. 메시지도 여러 차례 보냈지만 아예 읽지 않을뿐더러 전화도 오지 않았다.

4시 47분부터는 프로그램 본방, 생방송이 시작된다.

'환자가 많아서 검사가 늦어지나?'

그렇게 몇 번이고 나 자신을 다독였지만 불길한 예감이 도무지 머리에서 떠나지 않았다.

나중에 들어보니, "본방 전에 켄 씨에게 알리고 싶지 않다"는 나오의 배려였단다. 하지만 방송 1부와 2부 사이에도 내가 전화를 하자, 보다 못한 장모님이 "전화 받는 게 낫지 않겠니?"라고 말씀하셨다고 한다.

"여보세요."

간신히 나오의 목소리를 들을 수 있었다. 어쨌든 우선 안심이 됐다. 그리고 불길한 예감은 있었지만 애써 아무렇지 않은 듯 물었다.

"어떻게 됐어?"

"응, ……악성이었어."

"뭐? 그게 무슨 소리야?"

모르겠다. 지금, 무슨 일이 일어나고 있는 거지?

"악성이라면, 암이란 거야? 유방암이라고?"

"응, 그런가 봐."

그 후 나머지 방송을 무슨 정신으로 했는지, 기억나지 않는다. 머릿속이 새하얘진다는 게 바로 이런 경우를 두고 하는 말일까. 방송이 끝난 후에도 여전히 나는 혼란 속에 있었다. 악성, 유방암…… 그 말만 내 머릿속을 뒤덮었다. 나는 급히 택시를 잡아타고 집으로 향했다. 택시 안에서 후회가 솟구쳤다. 오늘 같은 날, 왜 병원에 같이 가주지 못했을까.

휴대전화에 나오가 보낸 메시지가 와 있었다.

'이런 나여서 미안해요.'

미안해, 나오. 사과는 내가 해야지. 내가 지켜줄게.

나는 집으로 뛰어들어갔다.

"괜찮아, 괜찮아."

주문처럼 되뇌었다.

"괜찮아, 절대 괜찮아. 같이 힘내자."

"응."

나오는 씩씩하게도 내게 웃는 얼굴을 보였다.

트리플
네거티브

유방암 진단을 받은 게 2014년 4월 30일.

나는 유방암에 대해 미친 듯이 공부했다. 유방암은 결코 바로 죽음에 이르는 병이 아니다. 일본에서는 현재 12명에 한 명꼴로, 연간 약 6만 명의 유방암 환자가 발생한다고 한다. 조기에 발견해 적절한 치료를 받으면 완치될 확률이 높은 암이다. 유방암에 걸렸어도 건강하게 살고 있는 사람은 많다는 것이다. 이게 끝이 아니라고 나 자신을 다독였다.

나오의 멍울은 암으로 밝혀졌지만 그 상태가 어느 정도인지는 아직 자세히 알 수 없었다. 정밀 검사 결과가 나오려면 좀 더 시간이 걸린다고 했다.

그리고 5월 7일. 결과가 나왔다.

트리플 네거티브 유방암이었다.

'트리플 네거티브triple negative'. 아마도 귀에 익숙지 않은 말일 것이다.

유방암은 비교적 양전한 타입에서부터 증식이 강하고 진행이 빠른 타입까지 다섯 가지 서브 타입으로 나뉜다. 또한 '호르몬 수용체'와 'HER2단백'이 양성이냐 음성이냐, 그리고 'Ki-67'이라는 암세포 증식 능력으로 구분된다. 서브 타입별로 권장되는 약물요법이 다른데, 예를 들어 호르몬 수용체가 양성인 경우에는 호르몬 요법이 권장되며 완만한 부작용에 암세포 증식을 억제하는 효과가 기대된다. 최근 연구 결과에서는 서브 타입별로 효과적인 약물요법이 보고되고 있으며, 치료 성적도 눈에 띄게 향상되고 있다.

그런데 나오는 '트리플 네거티브'였다. 다섯 가지 서브 타입 중에서 가장 악성도가 높고 진행이 빠른 타입으로 유방암 전체의 비율로 따지자면 불과 약 2퍼센트. 약물요법 효과를 기대하기 어렵다고도 한다.

공격의 표적이 되는 호르몬 수용체와 HER2단백을 '갖지 못하는', '음성'인 트리플 네거티브의 치료 방법은 현재 항암제 치료밖에 없다. 즉, 다른 서브 타입과 달리 치료 방법이 제한되어 있는 것이 이 '트리플 네거티브'다. 최근에는 트리플 네거티브의 표적이 되는 인자에 대한 연구도 진행되고 있지만 아직 결정적인 치료 약은 개발되지 않았다.

더구나 나오의 경우, 'Ki-67'이라는 핵내 단백질이 '80'으로 매우 높았다. 'Ki-67'은 암세포의 증식 능력이 높으냐 낮으냐를 규명하는 판단 기준이 되는 수치로, 이 숫자가 높다는 건 그만큼 증식 능력이 높고 악성도가 높은 암이라는 것을 의미한다. 요컨대 나오의 유방암은 트리플 네거티브 유방암 중에서도 증식이 빠르고 고약한 타입이라는 거였다.

나는 할 수 있는 한 모든 것을 조사했다. 전문 서적을 읽고, 인맥을 동원해 다른 모든 전문의에게 의견을 물었다.

도출된 답은, 수술을 해도 현시점에서 이미 나오의 재발률은 50퍼센트라는 숫자였다.

재발률 50퍼센트—수술로 암세포를 제거해도 2분의 1 확률로 재발. 더구나 수술 후 1~3년 내 조기에 재발하는 경우가 많다고. 내게는 절망적인 데이터였다. 설상가상으로 약년성 유방암은 진행이 빠르다.

그리고…….

나오 안에는 또 하나의 생명이 자라고 있다는 사실.

유방암은 여성들에게 발생하는 암 중 가장 흔한 암으로, 그 수는 적지만 10대에서도 나타나고 있으며 20대, 30대 그리고 40대, 50대로 연령이 높아질수록 발병률이 증가한다.

35세 미만의 젊은 여성 유방암 환자는 전체 유방암 환자의 3~6퍼센트 정도로 적고, '임신 중인 유방암 환자'는 1퍼센트 이하로 한층 더 적다.

약년성 유방암은 자가 진단으로 발견되는 경우가 많고 발견 시에 멍울이 크며 림프샘 전이가 많다는 등의 특징이 있다. 또한, 트리플 네거티브일 확률도 높아서 35세 이상 연령층과 비교하면 예후가 좋지 않다. 특히 임신 중에는 임신으로 인한 유방의 발달과 멍울을 구별하기 어려운 경우도 있어서 발견이 늦어지기도 한다.

다만, 약년성 유방암은 무서운 암임에는 틀림없지만 조기 발견으로 예후가 개선될 가능성이 있으며 림프샘 전이가 없는 경우, 35세 이상의 유방암과 예후에 차이가 없다는 데이터도 있다.

유방암은 진행도에 따라 치료 흐름이 달라진다. 0기, 1기, 2기, 3기, 4기로 나뉘는데 예를 들어 아주 초기인 '0기'는 절제 수술을 하면 거의 완치되며 재발이나 전이 걱정도 없다. 그에 반해 '4기'는 여러 장기로 전이된 상태여서 암세포가 온몸을 돌아다니고 있으므로 약물요법이 치료의 기본이다.

초음파 검사 등의 결과로 보아 나오는 '2기'까지 진행된 것이 틀림없다고 보았다. '1기'까지라면 조기 유방암에 속해 설령 임신 중이라 해도 치료 방법은 있다. 하지만 나오는 '2기' 이상이었다. 이미 원격 전이*되었을 의심도 지울 수 없었다. 확실히 알아보려면 CT나 MRI 검사가 필수지만 태아에게 미칠 영향 때문에 시행할 수 없었다.

더구나 나오의 경우, 치료가 어려운 트리플 네거티브. 다시 말해 당장에라도 치료를 시작해야 하는 위험한 상태였다. 다만 좀 전에 재발 가능성이 50퍼센트라고 한 것을 뒤집어 생각하면, 두 명에 한 명은 재발하지 않고 살 수 있다는 말이었다.

---

* 암 덩어리 주변이 아닌 인접하지 않은 먼 곳의 장기로 전이되는 것.

의사들은 담담하게 설명했다. 트리플 네거티브라고는 해도 분자 표적 치료나 호르몬 치료, 방사선 치료는 시도할 가치가 있겠지만 배 속에 아이가 있기 때문에 그 영향을 생각하면 할 수가 없다. 그리고 수술로 암세포를 제거할 수는 있지만, 임신 중이라서 CT 검사를 받을 수 없으니 전이 여부를 판단하기 어렵다.

"바로 수술하고 치료에 들어갑시다."

이 말이 의미하는 건, '출산을 포기할 것인가, 말 것인가'.

물론 나오를, 우리 부부를 생각해서 한 말이었겠지만 우리 부부는 행복의 절정에서 느닷없이 '생명을 선택하느냐 마느냐' 하는 기로로 내몰렸다. 시간을 끌어선 안 되는 상황이었지만 바로 대답이 나올 리 없었다. 아니, 대답하려야 할 수가 없었다.

하지만 나오의 얼굴은 내게 말하고 있었다. "낳고 싶어"라고. 저게 갖고 싶다느니, 이걸 사달라느니, 하는 말을 일절 입에 올리지 않았던 아내다. 그런 아내가 처음으로 분명히 내게 눈으로 말하고 있었다.

"낳고 싶어."

나는 분주히 돌아다녔다. 대체 병원을 몇 군데나 돌았을까. 평일 아침 9시부터 저녁 7시까지 일을 하고, 그 중간중간 짬을 내어 의사를 만났다. 그러나 어느 의사에게 물어도 대답은 같았다. 모체母體를 최우선으로 생각해 치료에 전념하길 넌지시 권했다. 트리플 네거티브가 아니었다면, 이렇게까지 진행되지 않았다면, 치료와 출산이 양립할 수 있다. 하지만 나오는 그게 불가능하다는 것.

그렇다면 이번 출산은 포기하는 게 어떨까.

"항암 치료를 한다 해도, 경과가 좋으면 5년 후에는 아기를 낳을 수 있습니다", "난자와 정자를 보존해두면, 치료 후에 임신될 가능성도 있습니다"라는 설명을 들었다. 하지만 지금 배 속에 있는 아직 보지 못한 우리 아이에 대한 사랑—나오에게 망설임은 없었다.

솔직히 나는 나대로 많이 고민했다. 셋이 살아간다. 당연히 그 길을 택하고 싶었고, 그 길밖에 없다고도 생각했다.

하지만 그렇게 결정했다가도 어느새 또 흔들렸다. 명의로 알려진 선생님들을 만날 때마다 불안해졌다. 대놓고 낙태하라는 말을 하진 않았지만 치료에만 전념하는 게 좋겠다고 에둘러 말했다. 그뿐만 아니라, 지금 치료에 전념하든 않든 치유율에 큰 차이는 없다고 말하는 의사 선생님도 있었다. "도저히 모르겠어요, 어떡해야 좋을지." 하이힐 링고 씨에게 불안한 마음을 토로한 적도 있다. "왜 하필 나오야, 왜"하고…… . 도쿠시마에서 의사로 일하고 있는 사촌에게도 수십 년 만에 전화를 걸어 수도 없이 상담했다.

하지만 답을 낼 수 없었다. 발을 내디딜 수가 없었다. 나는 나오를 사랑하고 있었다. 처음으로 그 사실과 정면으로 마주했다. 나오를 잃고 싶지 않아. 그렇게 생각했다.

나는 더 이상 어떻게 해야 좋을지 몰라 나오에게 털어놓고 말았다.

"어느 의사건 하나같이 이번 출산은 포기하는 게 어떻겠느냐고 하는데…… ."

"난 낳고 싶어."

"당연하지, 나도 그러고 싶어. ……하지만 난 당신이 중요해. ……만약 재발한다면, 아이는 나 혼자 키워야 하잖아."

여기 나오의 일기가 있다. 유방암이란 걸 알고 나서부터 쓰기 시작한 일기다.

"건강한 아이를 낳고 암이 완치되면 훗날 아이한테 보여 주자. '엄마가 이토록 애썼단다'라고 전할 수 있으면 좋잖아? 그리고 '그러니까 엄마랑 아빠가 하는 말은 잘 들어야 한다'라고 말하자. 나도 일기를 쓸 테니 나오도 써."

그런 농담 같은 제안으로 시작된 일기였다. 당시에는 쓰고 있는지 어떤지 확인할 길이 없었지만 나오는 정말 일기를 써주고 있었다.

나오의 글씨가 이 안에 있다. 나오의 '생각'이, '마음'이, 이 안에는 있다. 알고는 있지만 나는 이 일기를 아직 다 읽진 못했다. 읽을 수가 없다. 마음의 정리가 덜 되었기에.

용기 내어 펼친 일기장의 첫머리엔 이렇게 적혀 있었다.

켄 씨가, 내가 죽을 것을 전제로 생각하고 있다는 게 너무 속상하다.

'만약 재발한다면 아이는 나 혼자 키워야 하잖아.'
어쩌자고 아내에게 이런 말을 했을까. 어째서 "함께 힘내자"고 말하지 못했을까. '살고 싶은 마음'이 누구보다 컸던 건 나오였을 텐데……

흔들리고 있던 건 나뿐이었다. 지금에 와서 생각해보니, 그때 나는 유명한 의사라면 뭐가 됐든 결단을 내려줄 거라 믿었던 것 같다. 출산을 포기하는 게 좋을지, 포기하지 않아도 될지. 그래서 그 결단을 좇아 명의로 알려진 선생님들을 찾아다녔다.

하지만 결단 내리는 건 우리 몫이었다. 결정권을 쥔 사람은 나오와 나오의 남편인 나, 다시 말해 배 속 아이의 부모인 '우리'뿐이었다. 나오는 처음부터 끝까지 흔들림이 없었다. "아이를 낳을 거야. 그리고 나도 살 거야" 하고 나를 위해, 태어날 아이를 위해, 당연하다는 듯이 엄마가 될 준비를 했다.

'셋이 사는 선택'……

나오의 일기에 이렇게 적혀 있다.

5초만 더 있었으면 울어버렸을지도 모른다. 하지만 한번 어두워지면 끝일 것 같았다. 비극의 주인공……은 되고 싶지 않았고, 그렇게 보이고 싶지도 않다. "왜 하필 당신이?"라는 말을 듣는 게 괴롭다. 왜, 어째서, 라고 생각해봤자 소용없는 일. 나는 울지 않아.

울어도 슬퍼해도 '암'은 낫지 않아. 어두운 기분에 젖으면 배 속의 아기에게 좋지 않아.

유방암 진단이 내려진 이후 나는 나오의 눈물을 본 적이 없다. 울고 싶었을 텐데. 울며불며 소리치고 싶었을 텐데. 그러기는커녕 나오는 나를 걱정해주었다. 일기에 이렇게 쓰여 있다.

켄 씨도 괴로울 텐데.
켄 씨는 일도 하고 상사에게 머리 숙여 출근 시간까지 조정해가며 그 시간에 의사를 찾아다니고 있다. 보통 일이 아닐 텐데. 정신적으로도 육체적으로도 여간 힘들지 않을 텐데.

아니야. 힘들었던 건 나오, 당신이야. 내가 아니야. 그런데도 나는 상처가 될 말을 하고 말았어…… '만약 재발한다면, 아이는 나 혼자 키워야 하잖아.' 내가 그렇게 말했을 때 날 향한 나오의 얼굴이 잊히지 않는다. 나오가 내게 그런 표정을 보인 것은 그때가 처음이었다. 강하면서도 부드러운, 결의와 각오.

도착한 곳은 시가 현 구사쓰 시에 있는 유선乳腺 클리닉이었다. 이 병원은 '아이를 낳고 싶다', '암을 고치고 싶다'라는 우리 두 사람의 마음을 받아들여주었다.

셋이 살 수 있다.

나는 그때까지 신세 지고 있던 산부인과인 니시가와 의원의 니시가와 마사히로 원장님과 출생 전 진단의 세계적인 권위자인 '크리훔CRIFM 푸우 리츠코 머터니티 클리닉'의 푸우 리츠코 원장님에게 곧장 보고하러 갔다. 두 분 모두 우리의 결단을 웃는 얼굴로 인정해주었다.

"태아는 건강하네요."

니시가와 선생님은 초음파 영상을 보면서 환한 미소를 보여주었다. 그때 "나오 씨와 켄 씨라면 틀림없이 극복할 수 있어요"라고 말해준 푸우 선생님은 지금도 가끔 우리 집에 찾아와주신다. 유방암 진단을 받고 나서 막다른 지경까지 몰렸던 우리 부부를 곁에서 지켜보았던 니시가와 선생님과 푸우 선생님. 하지만 그 자리에 조언은 없었다. 결정은 어디까지나 우리 부부의 몫이었으므로. 돌아오기 전 두 분과 나누었던 든든하고 따스한 악수는 지금도 잊히지 않는다.

문제없어. 우리는 셋이서 행복해질 거야. 셋이 사는 선택.

치료 방침도 정해졌다.

수술 → 항암제 → '출산' → CT·MRI → 항암제 탁산 → 방사선 치료.

5월 19일. 검사 결과가 나오고 12일이 지난 이날, 나오는 구사쓰 시의 유선 클리닉에 입원했다. 이날은 우리 둘이 스미요시 다이샤에서 결혼식을 올린 지 딱 1년째 되던 날이다.

첫 번째 결혼기념일. "이런 일도 있네, 첫 번째 결혼기념일에 병실이라니" 하며 둘이서 쓴웃음을 지었다. 하지만 행복했다. 나오와 부부가 된 지 1년. 나오와 나는 병실에서 조촐한 축하 파티를 열었다. 나오가 좋아하는 핑크색 거베라를 선물하고, 서로 힘을 내기로 굳게 맹세했다.

그리고 20일. 오전 중에 수술이 시작될 예정이었다. 원래

나는 일을 쉬고 병원에 있을 생각이었다. 회사 측에서도 편의를 봐주기로 되어 있었으나 나오에게 그 말을 전하자 고개를 가로저었다.

"평소대로 해줘요. 나는 화면 너머, 평소의 켄 씨를 보고 싶어."

불안하고 외로운 마음이 왜 안 들었겠는가. 하지만 나오는 내가 열심히 일에 몰두하는 모습이 좋다고 말했다. 그 모습을 보면 자신도 힘이 난다며.

나는 구사쓰 시의 유선 클리닉에서 요미우리 TV로 출근했다. '이래도 되나' 하는 마음을 안고…… 병실을 나온 게 10시. 이후 수도 없이 반복하게 될 병실에서 하는 출근이었다.

병원 측에서 우리를 배려해 수술 후 마취에서 깨어나는 시간을 「ten.」 방송이 시작되는 시간에 맞춰 조정해주었다. 나오는 원래 피를 보는 것도 겁내는 여자였다. 주사 한 대에 실신할 뻔한 적도 있다. 그런 나오가 수술에 도전하는 거다. 얼마나 무서웠을까. 하지만 나오는 무섭다는 말을 하지 않았다. 단 한 번도. 그런 내색조차 한 적이 없다. 오히려 내게 "여러 가지로 미안해요"라고 사과할지언정.

나는 '평소대로 하고 싶다'는 나오의 청을 받아들여 애써 웃는 낯으로 병실을 나섰다.

"그럼 다녀올게."

병실을 나온 순간, 나도 모르게 눈물이 났다. 이때 아마 처음 울었지 싶다. 왜 나오는데. 왜 하필 나오냐고.

JR 구사쓰 역에서 도카이도 본선 신쾌속 히메지행 열차에 올랐다. 전철 좌석에 앉아도 눈물은 잦아들지 않았다.

수술은 '피하유방절제술'. 되도록 차후의 전이 가능성을 낮추기 위해 유방 조직을 제거하는 방법을 선택했다. 29세, 앞으로 아기 엄마가 될 사람이다. 얼마나 원통했을까. 하지만 한 마디도, 정말 단 한 마디도 '싫다'는 말을 하지 않았다. 아기를 위해, 엄마가 되기 위해.

또한, 이 수술은 큰 의미를 지니고 있었다. 림프샘 전이가 있느냐 없느냐……. 태아에게 미칠 영향을 생각해 나오는 CT 검사를 받지 않았다. 유방암이 얼마나 진행되었는지, 아무도 알 도리가 없었던 거다. 하지만 이 수술을 통해 림프샘 전이가 있는지 없는지 어느 정도는 알 수 있다. 전이되었다면 암의 진행 속도가 매우 빠르다는 뜻이다. 최악의 사태를 생각하지 않을 수 없다.

전이만 없다면 '희망'이 있다. 나는 기도했다.

아침에 병원을 나서기 전, 의사 선생님에게 부탁했다. 병원에는 장인, 장모님과 처남까지 모두 와 계시지만 수술 결과는 나에게 가장 먼저 알려줬으면 좋겠다고. 수술이 끝났다는 것과 림프샘 전이가 있는지 없는지에 대해, 설령 본방 중이어도 상관없으니 전화해달라고 말이다.

수술이 끝나는 시간도 대략 들어 알고 있었지만 이미 나는 제정신이 아니었다. 내내 전화기만 노려보았다. 그렇다고 먼저 "어떻게 됐습니까?" 하고 물을 용기도 없었다.

드디어 전화가 걸려왔다.

"시미즈 씨, 림프샘 전이는 발견되지 않았습니다."

나는 휴대전화를 움켜쥔 채 다른 한 손으로 승리의 포즈를 취했다.

수술이 끝난 이후 나오의 모습을 처남이 비디오로 남겨주었다. 영상 속 나오는 아직 마취 기운이 남아 있어 몽롱해 보이지만 그 와중에도 TV 화면 속의 나를 바라보고 있다.

나오는 믿어주었던 거다. 켄 씨라면 언제 어느 때든 힘을 내서 열심히 한다고.

내가 할 수 있는 일은 단 하나, 나오의 기대에 부응하는 것이었다. 다름 아닌 캐스터로서 평소대로 일하는 것. 나오는 자신 때문에 내 일에 지장이 가는 상황을 용납할 수 없었던 것이리라.

그날 방송을 마치고, 나는 택시를 타고 구사쓰 시로 향했다.

평소대로, 평소대로……. 그렇게 스스로를 다독이고 나서 나는 조용히 병실 문을 열었다.

"다녀왔습니다."

어느 때처럼 인사하고 나서 짧은 한마디를 건넸다.

"다행이야."

나오는 웃는 낯이었다. 그 웃는 얼굴을 보니 살 것 같았다.

"어땠어? 아팠지?"

"헤헤헤헤."

나오는 최고의 미소로 화답했다.

"아파.", "이런 거 싫어." 그런 부정적인 말을 나오는 일절 입에 올리지 않았다. "나, 수술, 잘 견뎠어"라는 말도 하지 않았다. 오히려 나를 걱정했다.

"일, 잘 끝냈어요?"라고.

수술 후 입원은 약 일주일간 이어졌다. 나는 병원 측의 양해를 얻어 나오와 한 병실에서 묵을 수 있게 되었다. 병원에서 요미우리 TV까지 한 시간 반. 나는 병실에서 아침 6시에 일어나 7시에는 병원을 나섰다. 「ten.」 본방을 마치고 병실로 돌아오는 시각이 대개 밤 9시. 나오와 이야기를 좀 나누다 밤 11시에 취침. 이런 일과의 반복이었다.

'약한 소리를 하지 않는 나오'는 나의 나약함을 부각시켰다.

힘들단 말도 하지 않았다. 아프단 말도 하지 않았다. 힘들지 않을 리가 없었다. 아픈 게 당연했다. 하지만 나오는 그런 말을 절대 입 밖에 내지 않았다.

반면 나는 이제껏 나오에게 약한 소리만 해댔다. 결혼할 때도 '힘들면 힘들다고 이야기할 수 있는 사이가 되자'며 프러포즈했지만, 결국 힘들단 말을 한 건 나뿐이었다. 처음 사궐 때부터 나오는 약한 소리를 한 적이 없다. 푸념하는 소리를 들은 적도 없다. 항상 웃으며 나를 뒷받침해주었다.

입원 기간 동안 내가 딱 한 번 병실로 돌아가지 않은 날이 있다. "내일 일 때문에 준비할 게 좀 있어서" 하고는 병원에 가지 않고 집으로 왔다. 나오를 보기가 괴로워서였다. 힘들단 말을 하지 않는 나오를 보고 있을 수가 없었다. 누구보다 본인이 가장 힘들 텐데 배 속의 아이를 걱정하고, 나를 걱정하고, 부모님이며 주변 사람을 걱정했다.

수술은 성공했다지만 재발할 우려는 여전히 남아 있었고, 가슴은 사라지고 없었다. 그런데도 나오는 "나보다 주변 사람이 더 힘드니까"라는 말을 자주 했다. 분명 내가 힘들어한다는 걸 눈치채고 있었던 것이리라. 그런 내게 나오가 약한 소리를 할 리 없었다.

지금 생각하면 후회되는 게 바로 그 점이다. 좀 더 함께 '힘드네'라든가, '아프지?'라는 말을 나눴어야 했다. 함께 울어주었더라면 좋았을 텐데. 이를 나오가 바랐는지는 모르겠다. 하지만 힘들었을 게 틀림없다. 이 후회는 평생 갈 것이다. 정말 견딜 수 없이 미안하다.

왜 그때 나는……. 그것이 우리 부부의 '모습'이긴 했어도 정말 미안한 일이었다.

퇴원하면서 항암 치료가 시작됐다.

실은 '임신 중에 항암제를 투여하면 태아에게 어떤 영향
이 미칠까'에 관한 데이터는 거의 존재하지 않는다. 현재도
연구는 진행되고 있지만 아직은 항암제가 태아에게 미치는
영향을 확실히 알 수 없는 것이다. 그렇다 보니 답을 찾아가
는 치료일 수밖에 없다.

한꺼번에 많은 양을 투여하는 것은 아무래도 위험도가 크
다. 상황을 봐가면서 통상보다 감량하여 항암제를 투여해나
갔다.

양이 적어서였는지 고맙게도 이 무렵에는 항암제 부작용
이 거의 나타나지 않았다. 5월 20일에 수술하고, 퇴원하고
나서 아이가 태어난 10월까지 다섯 달 남짓한 기간 동안 우

리 집엔 평온한 시간이 흘렀다.

최근 집을 정리하다 보니 여기저기서 육아 잡지가 나왔다. 나오는 줄곧 엄마가 될 준비를 하고 있었던 거다.

물론 불안한 마음은 있었을 것이다. 하지만 이 다섯 달 남 짓한 기간은 나오에게 더없이 '행복'한 시간이었으리라. 아 니, 그랬길 바란다. 여행도 다녀왔다. 임산부 사진도 찍었다.

이 5개월이 없었다면……. 이 5개월이 있어서 정말 다행 이다. 그렇지 않으면 나오가 너무 애처롭다. 그런 인생이면 안 된다.

우리 두 사람은 니시가와 의원과 크리홈 푸우 리즈코 머터 니티 클리닉에 빈번히 다니며 검진을 계속 받았다.

"괜찮습니다. 배 속의 아기는 건강하게 자라고 있습니다."

의사 선생님 말씀에 우리 둘이 기뻐한 게 몇 번인지.

항암제는 2주에 한 번씩 투여받았다. 항암 치료는 힘들다 는 인식이 있지만 나오에게는 자신이 건강해지기 위한 방법 이었다. 그래서인지 나오는 늘 밝은 표정으로 집을 나섰다. 만약 사정을 모르는 사람이 봤다면 쇼핑이라도 가는 줄 알 았을지 모른다.

나오는 항상 자신의 어머니와 동행했다. 나중에 장모님이 말씀하시길, "나오를 낳고 지금까지 살아오는 동안 나오와 가장 가까이할 수 있었던 시간이었다"라고 하셨다. 나오에게는 너무 슬픈 일이지만 마지막 효도였는지도 모르겠다.

출산 예정일이 다가오고 있었다.

나는 나대로 오사카 마라톤 대회를 코앞에 두고 있었다. 결혼한 해, 피로연 이후 처음으로 참가한 마라톤 대회에서 완주. 이번이 두 번째 참가였다.

남성 듀오 '고부쿠로'의 구로다 슌스케와는 초·중학교 동창이기도 해서 같은 멤버인 고부치 겐타로 씨와도 사전 합동 연습을 해오던 중이었다. 여기에는 뉴스 캐스터로서 오사카 거리의 열기를 피부로 느끼며 전달한다, 그리고 「ten.」을 띄운다는 두 가지 의미가 담겨 있었다.

또 내게는 '결혼한 해에 첫 마라톤' 그리고 '나오가 애쓴, 아들이 탄생하는 해'에 참가한다는 커다란 의미가 있었다. 달리는 것에 무슨 의미가 있지? 그건 알 수 없었다. 하지만 계속 달리고 싶었다.

나는 열의를 불태우며 연습했다. 내가 출전하는 제4회 오사카 마라톤 대회 날짜는 10월 26일. 한편 나오와 나의 보물―아이가 태어날 예정일은 10월 23일이었다. 나오를 위해서도 태어날 아이를 위해서도 질 수 없다. 나는 피곤한 몸을 채찍질하며 시간 날 때마다 달렸다.

10월 23일. 그날이 왔다.

셋이서 행복해지자고 다짐한 지 반년. 나는 아침부터 기분이 들떠 있었던 것으로 기억한다. 원래는 자연분만을 할 예정이었는데 초음파 진단 결과, 아이 목에 탯줄이 세 바퀴나 감겨 있어 제왕 절개를 하게 되었다.

실은 제왕 절개를 하기로 결정 났을 때 조금 안심했다. 자연분만을 한다면 예정일은 있지만 어디까지나 예정일일 뿐이다. 하지만 제왕 절개를 하게 되면 날짜와 시간을 정할 수 있고, 그러면 좀 더 빨리 다음 치료며 CT 같은 정밀한 검사도 받을 수 있겠다 싶었다. 나오 몸에 더 이상 상처를 남기긴 싫었지만, 무사히 출산한 후에 바로 유방암 치료에 들어갈 수 있다. 들뜬 마음 뒤로 나는 한시라도 빨리 본격적인 치료가 이루어지길 바라고 있었다. 새로운 '가족'을 위해……

제왕 절개라서 분만실에 따라 들어갈 수는 없었다. 나와 부모님들은 니시가와 의원의 별실에서 그 순간을 기다리고 있었다. 별실에 생일 축하곡이 흘렀다. 그리고 간호사가 갓난아이를……

"건강한 남자아이입니다."

나도 모르게 입가에 웃음이 번지고 이어서 눈물이 나왔다. 울면서 웃었다. 온 가족이 활짝 웃으며 서로서로 "다행이야" 하고 말했다. 지금까지 나오가 얼마나 애썼는지, 그건 가족들이 가장 잘 알고 있었다. '괴롭다'느니 '무섭다'느니 하는 말을 내비치지 않는 나오였지만, 그런 나오의 노력은 가족 모두가 가장 잘 알고 있었다.

수술은 잘됐고 모자 모두 이상은 없었다. 좀 지나 나오가 분만실에서 나왔다. 일생일대의 큰일을 해낸 나오에게 나는 쑥스러움을 무릅쓰고 속삭였다.

"고생 많았어."

그리고 사흘 후, 나는 나오한테서 같은 말을 듣는다.

"고생 많았어요."

나는 아내가 출산한 지 사흘 후, 오사카 마라톤 대회에 출전하여 완주했다. 어딘가에서, 가족을 위해 달리고 있었던 내게, 나오의 그 말은 무엇보다 기뻤다.

하지만 달리고 있던 때부터 내 머릿속을 덮고 있던 불길한 구름은 걷히지 않았다. 레이스 도중, 내 눈에선 알 수 없는 눈물이 하염없이 흘러내렸다. 실은 불안에 짓눌리고 있었던 거다.

아들의 탄생을 이미 프로그램상으로도 보고한 터라, 레이스를 보고 있던 사람들은 필시 '기쁨의 눈물'로 받아들였을지도 모른다. 하지만 내 안은 달랐다. 애써준 아내이자 엄마인 나오에게 고마운 동시에 너무 불안해서 어찌할 바를 몰랐다.

이것이 불길한 예감의 정체였을까. 나오는 출산한 지 일주일이 지나도 좀처럼 침대에서 일어나지 못했다. 의사는 수술 부위가 아물 때까지 이삼일 안정해야 한다고 했지만, 그 기간이 지나도 통증이 가시지 않았다. 제왕 절개한 부위가 아니다. 허리가 아프다는 거였다. 나오 말에 의하면 머리를 감겨주는 서비스를 받던 중에 허리가 욱신거렸단다.

"허리가 삐끗했나?"

처음에는 대수롭지 않게 웃어넘기는가 싶더니 나오의 표정이 점점 변해갔다. 이날 이때껏 괴롭다는 말, 아프다는 말 한 마디 내비치지 않았던 나오가 연신 "허리가……" 하는 소리를 했다.

첫 아이의 탄생이다. 나오의 친구들도 축하할 겸 와보고 싶다고 연락해왔지만 솔직히 그럴 상황이 아니었다. 즐거운 한때가 되었을 친구들의 방문 약속은 전부 취소하는 수밖에 없었다.

니시가와 선생님도 고개를 갸웃했다.

"수술은 잘되었습니다. 통증이 이 정도로 지속되는 경우는 잘 없는데……."

제왕 절개를 해도 골반이 벌어지기 때문에 통증이 있을 수 있지만, 이 정도로 오래 가는 경우는 없다고 했다. 안 좋은 예감이 한층 짙어졌다.

"정확하게 검사를 해보는 게 좋을 것 같네요."

그러나 산부인과에서 할 수 있는 건 한정되어 있다. 그렇지 않아도 입원이 길어졌던 터라 이참에 퇴원하기로 했다. 나오도 통증은 있지만 최고의 미소를 보였다.

"정말 잘해냈어요. 하지만 힘들다 싶으면 언제든 좋으니 무리하지 말고 돌아오면 됩니다."

그간의 경위를 알고 있는 니시가와 선생님은 다정하게 말을 건네주었고, 간호사분들도 웃는 얼굴로 배웅해주었다. 이 날을 위해 마련해둔 포대기로 우리 아들을 소중히 감싸 안고 나오와 아들, 나 세 사람은 오랜만에 우리 집으로 돌아왔다.

그런데 그날 밤, 나오는 열이 39도까지 치솟았다.

"나오, 병원으로 돌아가자."

우리 셋은 택시를 타고 곧장 니시가와 의원으로 향했다.

자초지종을 들은 의사 선생님도 낯빛이 어두워졌다.

"바로 검사를 받는 게 좋겠습니다."

나는 즉시 구사쓰 시의 유선 클리닉에 연락을 취해 이튿날 검사를 받기로 예약했다.

나오로서는 첫 번째인 MRI와 CT 검사. 그동안 태아에 미칠 영향을 생각해서 받지 못했던 검사다. 정확한 검사 결과는 나중에 다른 기관에서 보내오기로 되어 있었지만 유선 클리닉 선생님도 베테랑 전문의로, 화상을 보면 어느 정도 판단할 수 있다고 했다.

걱정되어 죽을 지경이었지만, 장모님에게 나오를 맡기고 나는 여느 때처럼 일터로 향했다. 의사 선생님에게는 "보시고 맨 먼저 저에게 전화 주십시오" 하고 신신당부했다.

전화는 좀처럼 걸려오지 않았다. 생방송이 끝난 오후 7시가 지나서야 기다리던 전화가 왔다. 나중에 알게 된 사실이지만 의사 선생님도 나를 배려해 일부러 방송이 끝나는 시간에 맞춰 연락을 주었던 것.

"선생님, 어떻게 됐습니까?"

"그게 좀, 이상한 그림자가 보입니다."

"알겠습니다, 바로 가겠습니다."

나는 택시를 잡아타고 구사쓰로 향했다.

전이

유선 클리닉의 의사 선생님은 화상을 응시하며 한동안 입을 떼지 않았다.

"선생님, 어떻습니까?"

나는 침묵을 견디지 못하고 대답을 재촉했다.

"간과 뼈, 골수로 전이됐을 가능성이 매우 큽니다. 정식 검사 결과는 아직 나오지 않았지만……. 거의 틀림없다고 봐야겠죠."

무슨 소리인지 통 이해가 가지 않았다. 아니, 그렇다기보다 눈앞의 현실에서 도망치고 싶었던 것이리라. 이제 막 아이가 태어나 행복으로 가득해야 할 터였으므로.

안 좋은 예감은 있었다. 하지만 수술 때도 림프샘 전이는 발견되지 않았고, 소량이라고는 해도 항암제 치료도 받고 있었다. 더구나 출산 때까지 나오는 건강했다. 그랬는데 이렇게까지 온몸으로 전이되어 있었다니.

임신 중에 허리가 아프다고 한 적은 없었다. 출산 후에 "허
리가 삐끗했나?" 하고 웃어넘긴 게 전부다. 임신 중에 이미
전이되었던 걸까. 아니면 출산과 함께 급속도로 진행된 걸
까. 여성 호르몬 때문에 임신 중에는 통증을 못 느끼다가 출
산하면서 통증을 의식하게 됐을 수 있다는 설명도 들었다.
하지만 이 부분만은 누구도 알 길이 없다…….

나는 망설였다. 전이 사실을 나오에게 알려야 하나 말아야
하나. 나오를 지키는 길은 과연 무엇일까. 고민했다. 고민에
고민을 거듭했다. 나오에게 알린다는 건 결국 지금 내가 안
고 있는 괴로움을 덜기 위함이 아닐까. 불안이나 두려움 같
은 건 전부 내 선에서 차단하고, 이제 막 엄마가 된 나오와는
그저 웃으며 지내는 게 중요하지 않을까.

나는 망설인 끝에 나오에게는 전이 사실을 일절 알리지 않
기로 했다. 그것은 내가 부릴 수 있는 최대한의 허세였다.

의사 선생님의 설명을 들은 후―시계가 오후 9시를 지나
고 있었던 것 같은데―나는 나오의 병실로 들어갔다. 나를
맞아준 건 여느 때와 다름없는 나오의 웃는 얼굴이었다. 나
오의 얼굴이 "나는 괜찮아요"라고 말하고 있었다. 나는 더
이상 그 자리에 있을 수가 없었다.

"오늘은 나, 일단 집으로 돌아갔다가 내일 데리러 올게."

뒷손으로 병실 문을 닫고 나는 흐느껴 울었다.

어째서. 머릿속에서 그 말이 빙빙 소용돌이쳤다. 아이도 태어났고, 이제부터 행복한 생활이 시작될 거라 믿고 있었는데 그것은 한순간의 허무한 꿈이었다. 이 행복한 시기에 왜 이런 현실에 내몰려야만 하는데. 왜! 어째서! 나는 눈물을 닦고 나서 다시 한 번 나오 곁으로 돌아가 꼭 끌어안았다.

"괜찮아. 절대 괜찮아."

"응."

"괜찮아. 내가 반드시 지킬 거야."

"응."

그대로 도망치듯 병실을 나왔다. 역까지 가는 5분 거리가 유난히 길었다. 눈물이 멎질 않았다. 나는 남의 눈도 아랑곳하지 않고 소리 내어 울면서 걸었다. 의사 선생님과 나눈 대화를 곱씹었다.

"선생님, 전이가 틀림없다면, 확실히 말씀해주세요. 정말 전이됐다면, 앞으로 얼마나 더 살 수 있죠? 1년입니까? 2년입니까?"

"……시미즈 씨."

"네."

"트리플 네거티브 유방암에 전이가 있다는 건, 그런 게 아닙니다. 길어야 3개월. 그렇게 생각해야⋯⋯."

나는 그때 우는 것 말고는 할 수 있는 게 없었다.

니시가와 선생님도 함께 걱정해주었다. 구사쓰 시 유선 클리닉에서 화상 데이터의 복사본을 받아 니시가와 의원으로 향했다. 이미 자정을 넘긴 시간이라 폐인 줄은 알았지만 도저히 혼자 견딜 수가 없었다. 푸우 선생님도 걱정이 된 나머지 니시가와 의원으로 와 함께 기다리고 있었다.

"안 되는 거였습니다."

"선생님, 면목 없습니다. 이토록 잘해주셨는데."

그저 사과하는 수밖에, 우는 수밖에 없었다. 선생님들도 함께 울어주었다.

제3장

투병,
다케토미 섬으로
마지막 여행

◇◇◇◇◇◇◇◇◇◇◇◇◇◇◇◇◇◇◇◇

곤도이 해변에는 우리 세 식구밖에 없었다.

나오. 나. 그리고 아들. 우리 독차지였다.

"좋아, 바다를 배경으로 셋이서 사진 찍자."

나는 셀프타이머를 작동시켰다. 셔터가 내려간다.

나는 행복의 순간을 도려냈다.

사진 속에 '순간'을 가뒀다.

◇◇◇◇◇◇◇◇◇◇◇◇◇◇◇◇◇◇◇◇

선고

검사한 지 사흘 후, 정식 결과가 나왔다. 솔직히 작은 가능성을 믿고 있었다. "시미즈 씨, 그 소견은 틀렸습니다"라는 말이 나오길 내심 기대하고 있었다.

하지만 그런 기적은 일어나지 않았다. 선생님의 최초 소견대로 간 전이, 뼈 전이, 골수 전이까지 세 가지 전이가 확인되었다.

"당장 큰 병원으로 옮기는 게 좋겠습니다. 이대로는 생명이 위태롭습니다."

나는 구사쓰 시 병원에 나오를 남겨두고 그길로 오사카로 돌아왔다. 나오의 부모님과 우리 부모님에게 보고하기 위해서였다.

우리 집에 양가 식구들이 모였다. 나오의 오빠와 우리 누나들까지. 모두가 망연자실하여 울었다. 아이를 낳은 지 고작 2주 만이었다. 2주 새에 전이되어 남은 시간이 3개월이란 사실을 전해야만 했다. 나는 말했다.

"다음 병원에서 항암제 치료가 잘되면 반년으로 연장될 수도 있고, 1년이 될지도 모릅니다. 5년을 산 사례도 있습니다. 문제없습니다. 나오는, 나오는 끄떡없습니다……."

안간힘을 썼지만 더 이상은 말을 잇지 못했다.

이튿날, 나오는 JCHO 오사카 병원으로 전원한다. 나오에게는 끝까지 알리지 않았지만 분명 알고 있었을 것이다. 큰 병원으로 옮겨간다는 건 어쩔 도리 없는 상황이라는 것을 의미했고, 내 표정으로도…….

오사카 병원에서는 처음부터 다시 정밀하게 검사했다. CT뿐 아니라 PET 검사로 불리는 '양전자 방사 단층 촬영'도 이루어졌다.

"심각합니다. 예상했던 것 이상으로 심합니다."

검사 결과를 훑어보면서 유선 내분비외과 부장 의사가 말했다.

"앞으로 한 달 남았다고 생각해주십시오."

제대로 된 검사를 받을 때마다 남은 수명이 단축된다. 얼마 안 되는 가능성이 하나씩 하나씩 부서지고, 점점 벼랑 끝으로 몰렸다. 왜, 어째서…….

오사카 병원 측은 우리를 위해 산부인과 병동의 병실 하나를 내주었다. 여성 담당의인 기무라 료 선생의 주선도 있었지 싶다. 일반 병동에서는 갓난아이를 보살필 수 없다. 그래서 갓 태어난 아들을 생각해 산부인과 병동에 입원하게 된 것이다. 아들과 동반 입원이었다.

새로운 항암제 치료가 시작되었다.

트리플 네거티브 유방암의 경우, 사실상 취할 수 있는 수단은 한정되어 있다고 한다. 더구나 전이가 발견됐다. 이젠 더 강력한 항암제를 투여하는 수밖에 다른 방도가 없었다.

나오의 경우는 골수로도 전이되어 있었다. 설상가상으로 백혈구·적혈구·혈소판 수가 감소하고, DiC(파종성 혈관 내 응고 증후군)라는 미소 혈전이 다발하여 장기 부전과 출혈경향을 일으키는 상태로 넘어가는 단계였다. 고열도 계속되었다. 이대로는 항암제를 맞는 것조차 불가능했다.

나는 의사로부터 수혈의 필요성에 대해 설명 듣고, 머리한구석으로 거부감을 느끼면서도 수혈 동의서에 서명했다. 특별한 이유가 있는 건 아니었지만 나오가 아닌 다른 사람의 피를 나오의 몸속에 넣는다는 것에 거부감이 들었다. 하지만 이후 수혈은 당연한 일인 양 수차례 반복된다.

의사는 항암제에 대해 설명하기 시작했다.

"경우에 따라 반응이 심하게 나타날 수도 있습니다."

강한 부작용도 각오한 터였다. 기도했다. 오로지 기도했다. 부탁이니 약이 잘 듣게 해주세요. 부탁입니다. 도와주세요. 나는 하느님을 향해 마음속으로 두 손을 모았다.

나오는 11월에 오사카 병원에서 첫 항암제를 투여받았다. 이 항암제는 한 주에 한 번씩 3회 반복하고, 3주간을 1쿨*로 잡고 투여한다. 즉, 3주간이 한 세트다. 약효가 유지되는 한, 계속 사용할 수 있다. 다시 말해 '지속 시간'이 길어진다는 것이다. 항암제에는 내성이 있어서 첫 투여로 효과가 있었던 약이라도 어차피 효과가 사라지는 때가 온다. 내성이 생겼다고 판단되면 다른 항암제로 변경하여 다시 1쿨부터 투여하게 된다.

전이가 발견되고 처음으로 항암제를 투여하는 날, 나는 나오 곁에서 그녀의 손을 꼭 쥐었다. 나오의 손이 떨리는가 싶었는데 정작 떨고 있는 건 내 손이었다.

---

*　특정한 치료를 계속하는 일정한 기간.

"괜찮아. 틀림없이 괜찮을 거야."

나오에게 이 '괜찮다'는 소리를 대체 몇 번이나 했는지 모른다. 항암제 속에는 알코올 성분도 들어 있었다. 항암제가 한 방울씩 떨어지기 시작하자 나오는 스르륵 잠이 들었다. 편안한 잠이다. 괜찮다, 거부반응도 없다.

"그런대로 괜찮아 보이네요."

의사도 크게 고개를 끄덕였다.

다음 날이 되니 좋지 않았던 수치가 큰 폭으로 개선되었다고 했다. 백혈구·적혈구·혈소판 수가 늘어나기 시작하면서 CRP(염증 반응) 값이 내려갔다.

"이건 효과가 있었던 것 같습니다."

속단은 금물이지만 효과는 확실히 있었다. 의사도 자신 있게 말했다. 오랜만에 듣는 힘 있는 말이었다. 이 항암제는 워낙 강력해서 날마다 투여할 수는 없었다. 효과와 부작용을 고려하여 안전한 투여량과 투여 주기가 정해져 있었다. 항암제를 투여하게 되면 부작용 증상을 조절해주는 스테로이드제를 병용하기 때문에 그 영향으로 열도 내리고 컨디션도 좋아지는 듯, 아내의 병실에 처음으로 친구가 문병 올 수 있을 정도가 되었다.

비로소 '엄마'로서 친구와 이야기 나눌 수 있게 된 것이다. 비록 병실 안이긴 했지만 나오는 '신참 엄마'로서 웃음소리를 냈다.

다만 나에게는 지금부터가 승부였다. 치료법이 한정되어 있다고 해서 손 놓고 있을 순 없었다.

내가 나오를 지킨다. 그 말을 실천할 때가 바로 지금이었다. 나는 '다음 한 수'를 다양하게 모색했다. 전국의 병원들을 수소문하고 여기저기 전화를 걸었다. 생각하면서 달렸다고 해야 할까. 멈춰 서버리면 그 시점에서 무언가가 끝날 것만 같았다.

나오의 병, 아들 그리고 일. 무거운 것이 세 가지나 한꺼번에 덮치자 나는 불안과 두려움에 짓눌려 터져버릴 것만 같았다. 내가 지켜주겠다고 약속한 나오는 정작 '힘들다'거나 '불안하다'는 말 한 마디 내비친 적이 없다. 그런데 남편이자 아버지인 내가 "이제 한계야"라고 말할 수는 없었다. 하지만 솔직히 말해, 서 있기조차 힘겨운 느낌이었다.

오사카 병원에 입원해 있는 동안에는 되도록 우리 셋이 함께하는 시간을 많이 가지려고 노력했다. 생각하고 싶지도 않았지만, 아들에게는 어쩌면 엄마와 지내는 시간이 한정되어 있을지도 모를 일이었다. 엄마의 냄새, 감촉, 목소리 울림…… 그러한 것들을 1초라도 많이 남겨주고 싶었다. 물론, 나오에게도.

나는 매일 밤, 오사카 병원에 묵었다. 병실에서 함께 묵는 건 나오가 입원한 이래 쭉 계속해온 일이었다. 내가 출근하기 위해 병원을 나서고 그와 엇비슷한 시간에 우리 부모님이 아들을 병실로 데려온다. 그리고 나는 일을 마치면 회사에서 병원으로 직행하여 부모님과 교대하고 우리 셋만의 시간을 보낸다. 밤 9시가 지나면 아들을 일단 집으로 데려가 부모님에게 맡기고, 나는 그대로 병원으로 되돌아와 나오와 병실에서 함께 있는다. 나오의 존재를 느끼면서 나는 소파에서 잠이 든다. 그런 생활이 한 달 넘게 이어졌다.

거의 아무에게도 말하지 못해서 또 괴로웠다. 이런 상태입니다, 라는 것은 이때까지 극히 일부의 사람에게만 이야기했을 뿐이었다. 가장 힘든 사람은 아내일 테니 힘들다는 말을 쉽게 입에 올리고 싶진 않았지만, 어쨌든 힘들었다. 머리가 터질 것만 같았다.

나는 휘청거리기 시작했다. 여태 유일하게 나의 약한 소리를 받아주었던 나오는 지금, 나 이상으로 고통받고 있다. 나는 누구에게도 '힘들다'는 말을 하지 못한 채 몸이고 머리고 온통 패닉에 빠질 지경이었다.

"쉴 수 없을까요?"

책임 프로듀서인 사카 씨와 똑같은 이야기를 몇 번이나 나누었는지 모른다. 여기서 '쉰다'는 건 단지 며칠간 방송을 쉰다는 의미가 아니다. 내 입장에선 그대로 프로그램에서 하차한다는 것을 의미했다. 하던 일을 도중에 놓아버리는 것이다. 돌아올 장소가 남아 있으리란 생각은 아예 하지 않았다.

그래도 좋았다. 나오 곁에 24시간 붙어 있고 싶었다. 나오 곁에 있고 싶었다.

하지만 나는 프로그램을 계속 진행했다. 내가 TV 화면에 비치는 것을 낙으로 여겨주는 나오가 있었기에. 장모님 말에 따르면, 나오는 「ten.」 방송 시간만 되면 TV를 켜달라고 부탁했단다. 아무리 힘들어도 나오는 화면 속의 나를 눈으로 좇았다.

나오가 나를 지탱해주고 있었다. 그러지 않았다면 나는 진즉에 꺾였을 것이다.

"혹시라도 무슨 일이 생기면 바로 쉬어도 되겠습니까?"

나는 책임 프로듀서인 사카 씨에게 그 약속만은 받아놓은 터였다. 생각할수록 염치없는 짓이었지만 모든 사정을 이해하고 있던 사카 씨는 나의 억지소리를 들어주었다.

또한 의사 선생님에게는 나오의 병세가 급변했을 때엔 언제 어느 때든 내 휴대전화로 연락해주십사 부탁해두었다. 생방 중에 전화가 걸려와도 대응할 수 있게 나는 내 휴대전화를 나오의 후배 스타일리스트에게 맡겨두고 방송에 임했다. 그녀들은 무언가 어렴풋이 눈치채고 있었는지도 모르지만, 나는 일절 다른 설명을 하지 않았다. 그저 전화가 걸려오면 방송 중이어도 카메라 뒤쪽에서 신호를 보내달라고 당부해두었다.

일이 끝나면 나는 곧장 병실로 향했다. 병실 문을 열면 나오의 웃는 얼굴이 나를 반겼다.

"오늘은 엄청 울었어."

엄마의 얼굴이었다. 나오는 내 얼굴을 보자마자 기다리고 있었다는 듯이 아들 이야기를 꺼냈다. 만약 아무것도 모르는 제삼자가 우리 셋의 그 모습만을 봤다면, 절로 미소 지어지는 부모 자식 간이라 여겼을지도 모른다. 행복한 가정으로 비쳤으리라. 하지만 그 웃는 얼굴 뒤로 나오는 얼마나 많이 참아내고 있었을까.

나오는 한 번도 자신의 병세를 묻지 않았다. 나오가 더 두려웠을 터이다. 불안했을 터이다. 하지만 그런 마음을 전혀 드러내지 않았다. 드러내기는커녕 아들에게, 내게, 최고의 미소를 보였다.

오사카 병원의 담당의인 기무라 선생님이 조사弔詞에 적어주신 말이 있다.

'부작용이 심한 치료 중에도, 주변 사람에게 걱정을 끼치지 않으려 사랑스러운 미소로 온화하게 지내시던 나오 씨의 모습과 온 힘을 다해 함께 싸우는 남편분의 자세는 우리 의료 종사자들의 마음을 울렸습니다. 우리에게 단 한 번도 병세를 묻는 일 없이 그저 남편인 시미즈 씨를 따르던 모습, 그리고 아드님을 예뻐하시던 모습이 잊히지 않습니다. 아마도 모든 것을 알고 계셨으리라 짐작합니다. 그런데도 나오 씨는 남편분을 믿으셨습니다.'

오미야마이리*

확실히 항암제를 투여한 직후에는 극적으로 몸 상태가 좋아졌다. 고열도 내리고 몸이 편해졌다.

그러나 이런 좋은 상태는 오래가지 않았다.

나오의 경우, 투여한 지 3~5일 동안만 상태가 좋았다. 그걸 아는 나오는 이 기간에 맞춰 친구들을 맞이하는 등 스스로 자신의 컨디션을 고려하여 일정을 짜는 눈치였다.

다만 그 기간이 지나면 더는 할 수 없었다.

강렬한 부작용이 몸을 엄습했다.

나오의 경우는 고열과 구내염이 생겼다. 어지간하면 내가 말도 않는다. 입안뿐만 아니라 혀 밑이나 목 안까지 하얀 수포가 잔뜩 생겼다.

---

* 생후 한 달 정도 되는 아기를 안고 신전에 참배하며 건강한 발육과 행복을 기원하는 행사.

밥을 전혀 못 먹는 것은 물론 물조차 마시지 못했다.

치아에 구내염이 닿았다. 통증을 조금이라도 완화하기 위해 치아를 깎았다. 입도 벌리기 힘든 상황으로 정말이지 곁에서 지켜보는 사람도 괴로워 못 견딜 지경이었다.

2014년 11월 21일, 그날은 금요일이었다.

항암제를 투여한 지 닷새째 되는 날이었다. 나오의 몸 상태는 평소대로라면 내일부터 악화될 차례였다. 지금이 아니면 안 될 것 같았다. 나는 책임 프로듀서에게 간곡히 부탁해 이날 방송을 쉬기로 했다. 가족끼리 아들의 오미야마이리를 하러 가기 위해서였다.

척추 전이로 인한 허리 통증 때문에 나오는 이제 일어서기도 버거울 정도였다. 걷는 것조차 쉽지 않았다. 출발 전에 진통제를 먹고 예비 진통제도 챙겼다. 나는 휠체어에 나오를 태우고 스미요시 다이샤의 참배로를 걸어 들어갔다. 우리가 결혼식을 올린 신사에 아들의 탄생을 보고하러 찾아온 거였다.

사실 나오는 병원에서 밤마다 걷는 연습을 했다. 내가 일을 마치고 병실로 향하면 나오는 허리를 손으로 받친 채 병원 복도를 한 걸음씩 천천히······.

이날을 위해서였는지도 모른다. 아들을 품에 안고 오미야마이리를 하기 위해 나오는 고통을 무릅쓰고 걷는 연습을 해온 것이다.

신전에 다다르자 나오는 훌쩍 일어나 아들을 끌어안았다. 나는 평소 알고 지내는 카메라맨에게 급작스럽게 촬영을 부탁해둔 터였다. 쉴 틈 없이 셔터가 눌렸다. 사진 속 나오의 표정은 빛나고 있었다. 엄마의 얼굴이었다.

이날 찍은 사진을 그간 신세 진 의사 선생님들에게 보이자 모두 놀라워하는 동시에 기뻐해주었다.

"스스로 일어설 줄은 생각 못했는데. 오미야마이리를 할 수 있어 다행이에요."

나오는 40도 가까이 열이 올라도 아들을 꼭 끌어안고 여느 때와 다름없이 웃는 낯을 보였다.

나는 나오에게 이대로 계속 항암제를 맞게 해야 하는지 고민했다. 항암제를 맞지 않으면 나을 가능성, 생명을 연장할 가능성은 사라진다. 그러나 항암제를 맞으면 보기 딱할 정도로 심각한 부작용에 시달리게 된다. 나는 나오가 고통스러워하는 모습을 더 이상 보고 싶지 않았다. 이제 항암제를 끊고, 다시 말해 '치료하기 위한 치료'를 그만두고 '통증을 가라앉히는 완화'로 전환하는 편이 나오를 위한 길이 아닐까 싶었다.

하지만 결국 완화로 전환할 용기가 나지 않았다. 조금만 더 하면 나을지도 모르는데……. 아직은 병을 고치고 싶다는 마음이 컸고 나오에게서 '희망'을 뺏고 싶지 않았다. 이제 막 엄마가 된 나오에게 '치료가 아니라 완화로'라는 말을 꺼낼 용기도 없었다.

그렇지만 또다시 열이 39도로 치솟고 말 한 마디 제대로 하지 못할 정도로 구내염에 시달리는 아내를 보자 너무 고민이 됐다. 이렇게 고통받게 놔둬도 되는지, 이게 정말 옳은 방법인지, 진정 나오가 바라는 일인지⋯⋯.

보고 있기가 괴로웠다. 갈등했다. 전이되었다는 사실과 함께 남은 시간이 한 달이란 소리를 들었을 때 나는 맹세했다. 나오에게 고통스럽고 힘겹고 두려운 마음이 들지 않도록 하겠다고. 그런데도 결국 고통 속에 빠뜨리고 말았다.

항암제 효과가 떨어지면 어김없이 열이 났다. 39도가 넘는 고열이었다. 일단 열이 오르고 나면 내릴 방법이 없었다. 아무리 난방을 세게 해도 오한이 멎질 않았다. 보온주머니를 계속 끌어안고 있어야 했다. 백혈구·적혈구 수치가 급격히 떨어지고 혈압도 내려갔다. 곧바로 수혈을 받아 간신히 진정돼도 그 이상 컨디션이 회복되지 않았다. 다음 항암제를 기다리는 수밖에 없었다.

항암제를 맞으면 구내염과 고열 등 부작용이 나타났다. 그런데도 나오는 항암제를 맞고 싶다고 졸랐다.

"나한테 이건 영양제나 마찬가지니까."

11월 초의 1쿨은 혈액검사나 CT 검사상으로도 효과가 나타났었다. 그러나 항암제 효과는 서서히 떨어지기 시작했다.

투여해도 생각만큼 효과가 없었다. 12월에 접어들어 의사의 호출을 받았다.

"생각보다 효과가 별로 없네요. 앞으로 한 달입니다. 마음의 준비를 해두십시오."

또. 이런 말도 안 되는 일이 어디 있냐고. 하느님은 항암제라는 마지막 동아줄마저 빼앗으려 하는 건가. 그리고 이런 제안을 받았다.

"일단 집으로 돌아가보는 건 어떨까요?"

집에 돌아간다고 해서 병세가 회복되는 건 아니었다. 몸 상태가 악화되었을 때를 생각하면 계속 입원해 있는 편이 낫다. 하지만 이 기회를 놓치면 다시는 집에 돌아갈 수 없을지도 모른다. 의사의 배려인 동시에 마지막 통고였다.

우리 집으로 돌아온 뒤로 나오는 생기가 넘쳤다. 좀 편히 있으라고 해도 부엌에 서서 요리를 했다. 아들의 기저귀를 갈고 분유를 먹였다. 열이 나도 변함없었다. 나는 한 달 만에 우리 집에서 출근했다.

"다녀오세요."

나오가 웃는 얼굴로 나를 배웅해주었다. 앞으로 몇 번이나 더 이렇게 배웅받으며 출근할 수 있을까. 나는 웃는 얼굴로 나오에게 손을 흔들었지만, 등을 돌린 순간 눈물이 솟구쳤다. 낮 동안에는 장모님이 빈자리를 메워주셨다. 아무래도 나오 혼자 아이를 돌보기엔 체력이 달렸다.

"결혼하니까, 이제 나오가 해주는 것밖에 못 먹겠어."

농담 삼아 던진 나의 한마디를 나오는 기억해주었던 듯, 아무리 장모님이 "내가 할게"라고 말씀하셔도 한사코 마다했다고 한다.

"켄 씨는 내가 만든 것만 먹는다니까."

항암제 부작용으로 힘들 때조차 나오는 웃으며 밥상을 차려주었다.

나오는 연애 시절부터 곧잘 요리를 해주었다.

내가 좋아하는 음식 중 하나는 카레다. 다만 감자를 썩 좋아하지 않는다. 배부른 투정인 줄은 알지만, 아무튼 카레에 큼직한 감자가 잔뜩 들어 있는 건 딱 질색이다.

나오가 처음으로 만들어준 카레라이스를 나는 지금도 기억한다. 1센티미터 크기로 잘게 썰어 넣은 감자는 입에 넣으니 사르르 녹아버릴 것처럼 부드러웠다. 그리고 내가 좋아하는 비엔나소시지가 떡하니 들어 있었다.

카레를 만들 거면 감자는 작은 게 좋다고 말한 기억도 없고, 부탁한 기억도 없다. 다만 딱 한 번 장난스럽게 "감자는 싫어~"라고 했을 뿐. 하지만 나오는 그 말을 기억해두었다가 실제로 내 취향에 맞는 카레를 만들어주었다.

그러고 보니 내가 감자를 싫어한다는 걸 알고 한 번도 고

기감자조림을 만든 적이 없다. 수프에 내가 싫어하는 완두콩이 들어 있었던 적도 없다. 햄버그스테이크에 마들렌……등등 내가 좋아하는 요리나 과자가 뭔지 알아두었다가 그것을 만들어주었다. 언제나 내가 좋아하는 것만 식탁에 올라왔다.

나는 "맛있다"는 말을 해본 적이 없다. 물론 맛없다느니, 맛이 좀 짜다느니 싱겁다느니 하는 따위의 말도 한 적이 없다. 부끄럼쟁이(?)라서 그런지 그저 말없이 먹었다. 그런데 속으로 '뭔가 맛이 좀……' 했던 요리가 다음번에 상에 오를 때는 희한하게 내 입맛에 맞게 바뀌어 있었다. 나오가 "맛있어요?" 하고 물어본 적도 없었는데, 혹시 내 표정을 읽었던 걸까…….

'맛있네.'

보도 프로그램의 캐스터인 나는 소위 말하는 직업을 가진 아나운서다. 누구보다 말의 소중함을 알고 있으련만, 그런 말 한 마디쯤은 건네야 마땅하다는 것을 알고 있었으련만, 왜 말하지 못했을까.

나는 나오의 웃는 얼굴—'그런 말, 하지 않아도 괜찮아요'라는 분위기—에 마냥 기대고 있었다.

식탁에는 그 무렵과 다름없는 미소가 있었다. 식사를 마치

면 목욕 시간이다. 나는 욕실에서 기다린다. 나오가 아들을
안고 온다. 나는 서툰 손놀림으로 아들을 맡아 깨끗하게 씻
긴다.

"목욕, 다 했어요—!"

나는 나오를 부른다.

"네—에."

물색 목욕 타월을 손에 쥔 나오가 욕실 문을 연다. 내가 아
들을 건네면 나오는 목욕 타월로 감싸 안고 사랑스러운 듯
이 빰을 비볐다.

12월 막바지. 항암제는 더 이상 듣지 않았다. 그래도 나오는 "맞고 싶다"고 했다. 병원 측에선 "통증 완화 치료로 전환하는 게 어떻겠느냐"라는 이야기가 수차례 나왔다. 효과 없는 항암제를 맞고 그만큼 부작용에 시달리느니 고통을 완화하는 방향으로 바꾸는 게 어떻겠느냐고. 다만 그것은 '마지막'을 의미했다.

나오는 모자를 손에서 놓을 수 없게 된 지 오래였다. 모자 밑으로 짧은 머리카락이 엿보였지만 그건 가발이었다. 극심한 부작용으로 머리카락이 빠지기 시작한 것이다. 하지만 거기에 대해 나오는 단 한 번도 슬프다거나 괴롭다는 말을 한 적이 없다.

"나보다 주변 사람이 힘들지."

이것이 나오의 입버릇이었다.

이 무렵 우리 셋을 지탱해준 것 중 하나가 다케토미 섬 여행이었다. 다케토미 섬은 오키나와의 야에야마 제도 중 하나로, 이시가키 섬에서 고속정高速艇으로 15분 정도면 닿을 수 있다. 둘레가 10킬로미터가 안 되는 이 작은 섬은 고운 별모래로 둘러싸여 있고 집들의 지붕은 이 지방 특유의 빨간 기와로 이어져 있다.

그때가 요미우리 TV의 「도치노 요리쇼」에 미야케 유지 씨의 보조 진행자로 갓 출연했을 무렵이니 벌써 10년쯤 됐을까. 취재차 방문한 다케토미 섬에 나는 완전히 매료되었고, 이후 2년에 한 번꼴로 휴가를 이용해 그 섬을 찾았다.

나오하고도 같이 가보고 싶었는데 「ten.」 일로 바쁘고 해서 때를 놓친 참이었다. 연애할 때부터 다케토미 섬은 우리 둘 사이에 종종 화제로 떠올랐었다.

나오를 데려가고 싶다. 그곳의 경치를 보여주고 싶다. 나오의 병이 발견되고부터 내 안에선 그 생각이 점점 커졌다. 하지만 치료 과정이며 나오의 몸 상태를 생각하면 좀처럼 실행에 옮길 수 없었다. 가까운 곳에 잠깐 다녀오는 것과는 문제가 다르다. 비행기와 배를 이용하는 장거리 여행이다.

아들이 태어나고 전이 사실을 알게 되었을 때 나는 모험에 나섰다. 연말연시 휴가를 이용해 다케토미 섬에 가기로 결심했다. 갈 때마다 묵었던 단골 료칸에 곧바로 연락해 우리 세 사람분의 방을 예약했다.

"나오, 우리 셋이 다케토미 섬에 가자!"

"응."

"꼭 가는 거야."

"응, 나, 힘낼게요."

나오와 말은 그렇게 했지만 솔직히 나는 반쯤 포기하고 있었다. 상식적으로 여행은 가당치 않다는 것 정도는 알고 있었다. 하지만 우리 셋이 살아가겠노라 마음먹은 터였다. 셋이서 살아가려면 '희망'이 필요했다. 다케토미 섬 여행은 나와 나오의 한 가지 희망이었다.

나 자신이 그 희망에 매달리고 있었다. '희망'을 갖지 않으면 TV 카메라 앞에 설 수 없는 상태였다.

다케토미 섬,
행복한 순간

연말 마지막 방송일. 생방을 마친 순간, 나는 화장실로 달려가 울었다. "고맙습니다", "수고하셨습니다"라는 목소리가 오가는 가운데, 아아, 이 모습은 남들에게 보여선 안 된다는 생각에 스튜디오를 나와 화장실 칸으로 뛰어 들어갔다.

방전되었다고 해야 할까. 이미 한계에 다다랐었다. 솔직히 더 이상은 무리였다. 밤마다 열이 오르는 아내를 지켜봐야 하고, 간호하는 내내 걱정이 되어 견딜 수가 없고, 그런 아내를 장모님에게 맡긴 채 일터로 가 방송을 하고, 집으로 돌아오면 아들을 돌보았다. 그런 와중에도 줄곧 다른 방도를 찾아 정보를 수집하지만 해결 방법은 보이지 않고…….

나오는 더 힘들 테니 내가 한계라고 말하면 안 되는 거지만, 더 이상은 센 척할 수 없었다. 아니, 센 척하지 않았다면 진즉에 한계가 왔을는지도 모르지만.

나오가 유방암이라서 힘든 상황이라는 건 겨우 몇몇 사람에게만 이야기한 상태였다. 당연한 일이지만 아내가 '암 환자'라 할지라도, 또한 '부작용에 시달리고 있지는 않은지', '괜찮은지' 등등 태산 같은 걱정을 안고 살지라도, 뉴스는 날아든다. 그리고 나는 그 뉴스를 전달한다. 캐스터라는 자리에 앉아 있는 이상, 그것은 당연한 일이다.

'이 캐스터는 부인이 유방암에 걸려서 지금 아주 힘든 상태다'라는 시선을 받고 싶지 않았다. 아니, 내가 그런 시선을 받는 것은 누구보다도 나오가 가장 원치 않았을 것이다. 그리고 그것은 내가 부릴 수 있는 최대한의 허세이기도 했다.

스튜디오에서는 캐스터 시미즈 켄으로 있을 수 있다. 나약한 나 자신에게 가면을 씌울 수 있다. 고작해야 한두 시간이겠지만 그 시간만큼은 캐스터 시미즈 켄으로 있을 수 있었다. 이즈음 캐스터가 아닌 시미즈 켄은 그저 울기만 하는 한심한 남자일 뿐이었다. 몇몇 사람을 제외한 대부분의 사람들에게 말하지 않은 까닭은, 아니, 말하지 못한 까닭은 약해빠진 '시미즈 켄'을 보여주고 싶지 않아서였을 것이다. 한껏 허세를 부리고 싶었다. TV 속에서만이라도······.

지금 주변 사람들로부터 "잘 견뎠어", "강인한 사람이야"라는 따위의 말을 듣지만, 결코 그렇지 않았다. 강인한 사람은 나오이지, 내가 아니다.

연말이라서 프로그램 쫑파티가 있었다. 그 무렵, 나는 생방 시작 두세 시간 전에 허겁지겁 스튜디오로 뛰어 들어가는 등, 캐스터로서는 실격이나 다름없는 생활을 이어갔다. 스태프들에게는 그렇지 않아도 미안한 일이 많았는데 이날도 잠깐 얼굴만 비치고 일찌감치 자리를 빠져나왔다.

내 사정을 잘 아는 사람들은 "애썼어", "내년에도 함께 힘내자"라고 말해주었지만, 내년에…… 어떻게 될지 솔직히 나도 알 수 없었다.

2014년 12월 28일. 여행 전날. 나오는 병원 침대에 있었다. 그 전날부터 열이 내리지 않는 데다 몸 상태는 최악이었다. 침대에서 몸을 일으키는 것조차 여의치 않았다. 27일 밤에 "어떡할까?" 하고 묻자, 열이 펄펄 나는데도 나오는 분명하게 말했다.

"가야지."

사실 나는 나오 모르게 다케토미 섬 료칸에 전화를 걸어 어쩌면 예약을 갑자기 취소하게 될지도 모르겠다는 이야기를 전하고, 이날 병원에 온 참이었다.

항생제 점적과 백혈구 수치를 올리는 주사를 사흘간 연속으로 맞았다. '갈 수 있다면 이번이 마지막일지도…….' 나나오사카 병원의 의사 선생님들이나 같은 생각을 하고 있었던 것 같다. 나오의 담당 의사인 기무라 선생님은 휴무임에도 불구하고 나오의 상태를 보러 와주었다.

그리고 혈액검사. 이제 와 생각하면 '기적'이라고밖에 할 수 없다. 모든 수치가 안정권에 들고 최악의 상태는 벗어난 듯했다. 오사카 병원의 의사 선생님도 "국내 여행이라면 괜찮을 겁니다"라는 판단을 내리고, 만약의 사태를 대비해 오키나와 병원에도 연락을 취해주었다.

12월 29일. 나오와 나, 아들까지 우리 세 사람은 간사이 국제공항에 있었다. 여기서부터 이시가키 섬까지 2시간 반 동안 비행이다. 나오는 유모차로 몸을 지탱하면서 탑승구까지 천천히 걸었다. 이 유모차는 사실 나오가 고집해서 고른 것이었다. 이런저런 고심 끝에 고른 버기형. 그리고 이날 처음으로 유모차를 끌고 나왔다.

비행기는 투명한 바다를 스치듯이 지나쳐 이시가키 공항에 착륙했다. 우리 세 식구의 첫 여행이었다. 나오도 불안했을 테지. 공항에 내리자마자 장모님에게 무사히 도착했다는 메시지를 보냈다. 신 이시가키 공항에서 이시가키항 낙도 터미널까지는 택시로, 그리고 고속정 탑승. 나오의 몸 상태는 안정적이었다. 이 정도면 문제없다.

다케토미 섬에 도착하여 료칸에 짐을 내려놓기 무섭게 나는 나오를 부추겼다.

"바다로 나가자!"

"응."

목적지는 곤도이 해변. 끝없이 이어진 하얀 모래사장과 그 맞은편에 펼쳐진 얕은 바다. 평소엔 에메랄드그린빛으로 빛나는 바다가 마침 저물어가는 태양 빛을 받아 옅은 금색으로 빛나고 있었다.

"눈부셔."

나오가 실눈을 떴다. 그럴 만도 했다. 돌이켜보니, 지난 몇 달간 거의 병실에서 지냈고, 집에 돌아와서도 세균 감염의 우려가 있어 실내에서만 생활했다. 오랜만에 만끽하는 자연의 빛. 그 얼굴은 빛나고 눈은 웃고 있었다. 그리고 나오는 아들을 품에 꼭 안은 채 걸었다. 바로 이틀 전까지만 해도 침대에서 몸을 일으키지 못했던 나오가, 걷는다는 건 상상도 못했던 나오가, 자신의 팔로 아들을 안고 걸었다.

"햇살이 기분 좋네. 그런데 애가 타겠다, 피부가 하얘서."

"뭐 어때, 사내아이인걸."

"안, 돼(웃음). 볕에 타지 않게, 타지 않게……."

나는 나오의 임신 사실을 알았을 때 기념으로 구입한 일안 리플렉스 카메라로 오로지 나오를 좇았다. 파인더 속 나오는 내가 놀랄 정도로 웃는 낯을 보였다. 부드럽기도 하고 강하기도 한 엄마의 얼굴이다. 웃음소리가 바람에 실려 파도가 일으키는 물보라와 섞였다.

"나오, 춥지 않아?"

"응, 괜찮아요."

"기분 좋다."

나오는 아들에게 몇 번이고 몇 번이고 볼을 비볐다. 마치 자신의 감촉을 새겨 넣기라도 하는 듯이.

"오길 잘했다."

나오가 웃음으로 답했다.

"응."

"아, 진짜 기분 좋다."

"이게 켄 씨가 좋아하는 경치구나."

"응. 나오랑 우리 아들에게 보여주고 싶었던 경치야."

"고마워요……."

곤도이 해변에는 우리 세 식구밖에 없었다. 나오. 나. 그리고 아들. 우리 독차지였다.

"좋아, 바다를 배경으로 셋이서 사진 찍자."

나는 셀프타이머를 작동시켰다. 셔터가 내려간다. 나는 행복한 순간을 도려냈다. 사진 속에 '순간'을 가뒀다.

료칸에서 준비한 저녁 식사. 다케토미 섬의 산해진미가 차려져 나왔다. 나중에 알게 된 사실인데 이때 나오는 장모님에게 '오기로라도 파인애플을 먹어줄 테야!'라고 메시지를 보낸 모양이다. 잔뜩 생긴 구내염 탓에 물 한 모금 마시는 것조차 쓰리고 아파 보였던 나오다. 그런데 료칸에서 내온 정성 가득한 요리를 보더니 하나하나 접시를 들어 올리며 감탄하고, 그중 좀 작아 보이는 파인애플 조각을 입에 넣었다.

"맛있다!"

나오는 눈을 휘둥그레 떴다.

나는 나오의 순간을 계속 카메라에 담았다.

"대체 몇 장이나 찍는 거예요?"

나는 대답 대신 웃기만 했다.

"내 얼굴, 붓지 않았어요?"

나오가 웃었다. 아닌 게 아니라 나오의 얼굴은 치료 후유
증으로 부어 있었다. 하지만 나오는 빛났다. 내게는 나오의
웃는 얼굴이 눈부셨다.

그리고 2015년 1월 1일, 다케토미 섬. 아들에게는 첫 설.
우리 셋이 보내는 첫 설이기도 했다.

아, 새해를 맞이했어.

나는 당장에라도 눈물이 나올 것만 같았다.

고마워, 나오. 그리고 아들, 고맙다. 네가 있어서 엄마도 아
빠도 힘을 낼 수 있어. 정말, 고맙다. 태어나줘서 정말 고마워.

그 자리에는 분명 행복이 있었다. 우리 세 식구의 행복이
있었다.

아직 질 수 없어. 아직은 아냐, 아직은.

하지만 나오도 나도 마음속으로는 알고 있었다. 이 순간에
한계가 있다는 것을.

"나도
일하러 가고 싶다."

2일에 오사카로 돌아와 5일부터 출근했다. 일하러 가야 하나 쉬어야 하나, 나는 망설였다. 나오에게서 전이가 발견된 이후로 나는 프로그램 스태프들에게 계속 폐를 끼치고 있었다. 출근 시간을 늦춘 것도 모자라 아슬아슬한 시간에 뛰어들어간 게 몇 번인지 모른다. 물론 각종 일간지를 훑어보는 일도 불가능했고 미팅 시간도 내기 힘들었다. 취재 나갈 시간도 없었다. 일상이 되어 있던 방송 모니터도 하지 못했다. 이런 무책임한 상태로 카메라 앞에 서도 되는 건지. 이래서야 캐스터라고 할 수 있는지. 자문자답했다. 프로그램에서 하차해야 하지 않을까. 책임 프로듀서에게 솔직히 털어놓았다.

그런데도 모든 것을 이해해주었다. "너 좋을 대로 하면 돼. 우리는 널 지킬 테니." 이해를 넘어 그렇게 지탱해주는 상사가 있었다. 동료가 있었다. 정신을 차려보니 나오를 지켜야 할 내가 오히려 모두에게 보호받고 있었다. 고마웠고, 한심한 나 자신에게 화가 났다. 그리고 병을 저주했다.

하지만 달라지는 것은 없다. 이대로는 나오와 함께하는 시간도 일도, 다 이도 저도 아니게 된다. 병간호에 소홀했던 건 아니다. 대충대충 일을 해온 것도 아니다. 하지만 그건 그 시점에서 최선을 다하는 것일 뿐, 결국 둘 다 제대로 못해내는 건 변함이 없지 않은가. 내 안에서는 그 응어리가 풀리지 않았다.

지금 내가 할 수 있는 일이 뭘까.

해가 바뀐 이후 나오는 몸 상태가 눈에 띄게 나빠졌다. 암이 간으로 전이된 탓에 배에 복수까지 차기 시작했다. 옷을 입고 있어도 보일 만큼 배가 불룩해졌다. 팔다리도 빵빵하게 부어올랐다.

아침 일찍 병원에 가서 혈액검사를 받는다. 대개 두세 시간 기다리면 점심 전에 결과가 나온다. 우리 두 사람은 병원 대기실에서 가만히 손을 맞잡고 그 시간을 기다린다. 나는 이 결과를 기다리는 것이 두려웠다. 나오의 혈액 수치가 안 좋게 나올 것이라는 건 비전문가인 나도 예상할 수 있었다. 항암제를 맞고 싶어도 수치가 나쁘면 맞을 수 없다. 백혈구 값이 너무 낮을 때 항암제를 맞으면 오히려 위험하다.

하지만 나오는 항암제를 맞고 싶어 했다. 그것이 유일한 생존 수단임을 알고 있었기에. 항암제를 맞지 못한다는 건 이제 더 이상의 처치는 없다고 말하는 것이나 다름없었다.

"시미즈 나오 씨."

이름이 불렸다. 나는 나오를 대기실에 남겨두고 먼저 의사에게 결과를 들으러 갔다. 아니나 다를까 수치는 한층 더 악화되어 있었다.

"항암제는 맞을 수 없습니다."

미안한 듯이 의사가 말했다. 나오에게 뭐라고 말해야 하나. 이제 앞날이 없다고, 그런 말을 어떻게 한단 말인가.

"이제 좀 좋아지면 항암제도 맞을 수 있대."

"응."

나오 자신이 가장 잘 알고 있었을 것이다.

"힘내야지."

"괜찮아."

하지만 끝까지 이런 말밖에 하지 않았다. 서로 불필요한 말은 하지 않았다. 알고 있었던 거다. 나오도, 나도. 그래서 말하지 않았다. 부정적인 말은 하지 않았다.

내가 의사와 무슨 이야기를 하고 왔는지 나오는 묻지 않았다. 나오 스스로 의사나 간호사에게 병세를 확인하는 일도 없었다. 그저 묵묵히 나를 믿고 내 뒤를 따라와주었다. 힘들었을 텐데. 불안했을 텐데. 괴로웠을 텐데. 그저 이를 악문 채 상대가 알아차릴세라 서로 웃었다. 그것이 우리 부부의 모습이었다.

전이 사실을 알고 나서 내가 이런 말을 꺼낸 적이 있다.
"아, 일 힘드네. 내일부터 쉴까."
장난스레 한 말이었다. 그때 나오가 툭 하니 중얼거렸다.
"나도, 갈 수만 있다면 일하러 가고 싶다."
내가 지금 가장 힘든 사람 앞에서 이 무슨 되지도 않은 엄살인지. 이게 무슨 푸념인가. 그 자리에서 나는 두 번 다시 약한 소리를 하지 않겠노라 맹세했다. 가끔 맹세가 흔들릴 때도 있었지만, 나오가 견디고 있는데 내가 포기할 수는 없었다.

마지막
희망

내게는 아직 한 가닥 희망이 있었다.

'올라파립Olaparib'이라는 신약이 개발되었다는 정보를 입수했다. 이 약은 암 억제 유전자인 'BRCA1'과 'BRCA2'라는 두 유전자에 돌연변이가 일어나면서 생긴 유방암과 난소암에 효과가 있다고 알려졌다. 'BRCA1'과 'BRCA2' 돌연변이는 유전성 유방암의 약 절반을 차지한다. 이 변이로 인한 암의 상대적 리스크는 일반인의 10배에서 30배에 달하며 유방암의 생애 리스크는 85퍼센트에 이른다고도 한다. 미국의 여배우 안젤리나 졸리는 몸 안에 유방암을 발생시킬 수 있는 돌연변이 유전자가 많다는 이유로 양측 유방 절제 수술을 받았다. 유방암 발생 위험 요소를 제거하기 위해.

나는 이 '임상 시험'에 희망을 걸고 있었다.

만약 나오가 BRCA 유전자 돌연변이로 인한 유방암이라면, 다시 말해 '유전자 변이' 유방암이라면 올라파립을 복용할 수 있는 가능성이 있었다. 물론 보험 적용 대상에서는 제외되겠지만 이것저것 가릴 때가 아니었다. 만약 돈으로 해결할 수 있다면 빚을 질 각오가 돼 있었다.

연초에 나오와 같이 오사카 대학 병원을 찾았다.

"혹시 유전자에 이상이 있는지, 그것만 알아봐둘까?"

마치 지나가는 말처럼 물어 검사를 받아보게 했다. 보통 검사 결과가 나오려면 한 달은 걸리지만 억지를 썼달까. 그만큼 절박한 상황임을 이해해준 병원 측의 배려로 일주일 만에 결과를 받아볼 수 있었다.

검사 결과가 나온 그날, 나는 집으로 돌아오는 택시 안에서 나오에게 아무 말도 건넬 수가 없었다. 나오는 이 검사가 임상 시험 비슷한 것임을 알고 있었지 싶다. 그리고 낙담해 있는 나를 보고 그 결과가 예상을 빗나갔다는 것도⋯⋯. 그래도 나오는 웃었다.

"다행이네. 암이 유전되는 게 아니라서."

'BRCA1'과 'BRCA2' 돌연변이는 유방암에만 영향을 미치는 게 아니다. 어머니에게서 이 유전자를 물려받은 경우, 남성은 전립선암이나 췌장암에 걸릴 위험이 커질 수 있다. 다시 말해 나오에게 유전자 변이가 발견됐다면 이론상으로는 아들도 암에 걸릴 위험이 크다는 것이다.

　나오는 정말 자그마한—그것도 아주 미미하기 짝이 없는—행운을 발견하고 그것을 기뻐하고 있었다. 나는 택시 시트 깊숙이 몸을 파묻고 마음속으로 나오에게 사과했다.

　미안해, 나오. 이제 방법이 없어.

1월에 받은 CT 검사 결과, 간 위축과 다량의 복수에 이어 흉수도 발견되었다. 의사는 항암제를 당분간 끊어보자고 했다. 다케토미 섬에 가기 전에 맞은 이후 연초부터는 항암제를 맞을 수 없는 상태였다. 점적을 해도 혈액 수치는 전혀 나아지지 않았다. 수치가 나아질 요인은 이미 하나도 남아 있지 않았다. 담당의는 "당분간 끊어볼까요?"라고 완곡하게 말해주었지만 그건 사실상 마지막 통고였다.

　나오의 몸 상태는 날이 갈수록 악화되고 통증도 더해가는 것 같았다. 기다린다고 항암제를 맞을 수 있는 건 아니었다. 임상 시험도 무리. 그렇다면 이제 남은 건 완화뿐. 완화—요컨대 통증을 누그러뜨리는 일, 그것은 적극적인 치료를 포

＊　　역병을 일으킨다고 하는 귀신.

기한다는 의미다.

1월 말, 나는 결단을 내린다. 완화로 전환하기로. 더 이상 나오를 힘들게 하고 싶지 않았다. 동시에 휴가도 얻었다. 이 대로 일을 계속하면 나오는 당연히 기뻐해줄 것이다. 나오 도 그것을 바라고 있다. 하지만 지금이 아니면 할 수 없는 일, 그것은 나오와 아들과 함께 '가족의 시간'을 1초라도 더 갖는 것 아닐까.

나는 나오와 상의 없이 꼬박 한 달간 「ten.」 방송을 쉬기로 했다. 물론 다시 그 자리로 돌아가지 못해도 괜찮다는 각오로.

"다음 주부터 일을 쉴 거야."

내 말에 나오는 얼굴빛이 어두워졌지만 이유를 묻지는 않았다.

"좀 피곤해서."

나는 굳이 밝히지 않아도 될 이유를 말했다. 침묵을 지키던 나오가 조용히 입을 열었다.

"미안해요……. 이런 역귀라서."

순간, 무슨 말인지 몰라 어리둥절했다. 역귀. 나오의 말을 곱씹는다.

"무슨 그런 소릴, 함부로 말하지 마!"

"……."

"나오가 역귀일 리 없잖아! 그런 소리 마!"

나오에게 역정을 낸 것은 이때가 처음이자 마지막이었다. 나오에게 화를 낸 게 아니었다. 그런 말까지 나오게 만든 한심한 나 자신에게 화를 내고 있었다. 그토록 주변 사람을 걱정해 '힘들다'는 말 한 마디 내비치지 않았던 나오 입에서 그런 말까지 나오게 하다니.

이렇게 귀여운 아이를 낳아주고 나를 이토록 사랑해주는 나오가 역귀일 리 없잖아.

"미안해……."

나는 나오를 살며시 끌어안았다. 사과해야 할 사람은 나야. 미안해, 나오.

제4장

긴급 입원,
마지막 이별

<hr/>

새벽 3시였다.

나는 더 이상 보고 있을 수가 없었다.

이제 더 이상은 무리다.

나오의 남편으로서,

나오는 더 이상 이렇게 괴로워하지 않아도 된다.

그리고 아들의 아버지로서,

엄마의 이 모습은 이제 보이고 싶지 않다.

<hr/>

나는 나오 모르게 재택 의료를 알아보고, 시간 나는 대로 종말기 케어에 대한 이야기를 들으러 이곳저곳을 찾아다녔다.

힘들지 않게, 두렵지 않게, 고통스럽지 않게.

나는 나오를 위해 어떻게든 그렇게 해주겠다고 마음먹었다. 내가 할 수 있는 건 그것뿐이었다.

완화 치료로 전환―그 '스위치'를 누구도 아닌 내가 누른 것이다. 그 스위치를 눌렀다는 건 나오가 마지막을 맞이한다는 의미였다. 여기저기 뛰어다니는 동안 내 안에선 무언가가 갈가리 찢겨나가는 것만 같았다. 나오가 오래도록 살아 있어주길 바라면서도 나는 이렇게 나오의 마지막을 위해 움직이고 있다. 나오를 위해서라고 생각하지만 사실 이건 나오의 생을 끝내기 위한 준비다.

한 가지 선택지는 호스피스(완화 치료 병동)였다. 오사카에도 시설이 잘 갖춰진 호스피스는 있다. 다만 내 머릿속에 호스피스라는 선택지는 없었다. "나오, 호스피스로 갈래?" 차마 그 말은 할 수 없었다. 본인이 어디까지 알고 있든, 아들을 낳고 엄마가 된 지 채 석 달도 지나지 않았다. 그래서 생각 끝에 다다른 곳이 고베 시 포트아일랜드에 있는 소아암 전문 치료 시설 '차일드 케모 하우스'였다.

통칭 '차이케모'는 소아암 치료 중인 아이들과 그 가족의 QOL(Quality Of Life, 생활의 질)을 배려한 일본 최초의 전문 치료 시설이다. 이곳에선 환자와 가족들이 함께 생활하는 것은 물론 전문적인 치료까지 받을 수 있다. QOL을 중요시하기 때문에 시설은 병원이라기보다 휴식을 위한 장소 같았다. 마치 집에 있는 듯한 기분이 드는 곳이었다. 치료를 하면서 아이와 함께 생활할 수 있다. 나는 그것만 생각했다.

차이케모의 구스키 의사 선생님에게 머리 숙여 사정을 이야기했다. 선생님도 이해해주신 데다 그때를 대비해 용태 확인도 할 겸 몇 차례 집에 왕진까지 와주셨다. 나는 나오에게도 한 차례 차이케모의 팸플릿을 보여주었다.

"여기, 침대도 편해 보이고, 어쩐지 좋아 보여. 한번 가볼까?"

"응."

그런 대화를 나누기도 했다.

방송 일을 쉬기로 한 때에 맞춰 차이케모로 옮기는 방법도 있었지만, 나오와 나는 아직 병마와 싸우는 것을 포기한 건 아니었다.

　의사 선생님은 '항암제는 더 이상 어려울 것 같다'고 했지만, 이따금 컨디션이 좋아 보이는 나오를 보면 아직 맞을 수 있지 않을까, 하는 작은 희망을 나도 버리지 못했다. 장모님까지 와 계신 우리 집에서 아들과 나오와 나는 대부분의 시간을 빈둥거리며 보냈다. 나오의 얼굴에선 미소가 끊이지 않았고 의사소통도 확실하게 이루어졌다.

　그리고 2월 5일. 한 가닥 희망에 의지하여 JCHO 오사카 병원으로 혈액검사를 받으러 갔다. 여느 때와 다름없이 두 시간을 기다렸다. 내게는 그 시간이 평소보다 더 길게 느껴졌다. 괜찮아. 나는 스스로를 다독였다. 그런데 담당의는 내가 진료실에 들어서자마자 얼굴을 숙였다.

　"항암제는 더 이상 맞을 수 없습니다."

　그날 밤, 나는 아들을 우리 부모님에게 맡겼다. 오랜만에 나오와 단둘이 집에 있게 되었다.

　"많이 안 좋아졌어. ……눈치챘겠지만."

　"응."

"그래서 이제, 항암제는 맞을 수 없어."

"응."

"나오, 미안해."

"응."

더 이상 참을 수가 없었다. 나오 앞에서 울지 않겠노라 다짐했건만 눈물이 솟구쳤다.

"미안해…… 나오……. 조금만 울어도 될까?"

"응."

"나오, 나오도 울어도 돼."

"응. 하지만 울지 않을 거야. 울면 무너져버릴 테니."

"……."

"난 아직 좋은 아내이고 싶고, 좋은 엄마이고 싶은걸."

흐느껴 울었다. 오열을 멈출 수 없었다. 울면 안 되는 줄 알면서, 눈물을 보이지 않는 나오 앞에서 나 혼자 울었다.

나오에게 말했다.

"약속해줘. 이제 힘들면 나한테 힘들다고 말해줘. 나도 말할게. 힘들면 나도 말할 테니, 나오도. 약속해."

"응."

"이제 참는 건 하지 마."

"응."

이튿날인 6일 아침에 나오는 처음으로 약한 소리를 했다.

"힘들어……."

"왜 그래?"

"숨이…… 잘…… 쉬어지지…… 않아."

복수와 흉수가 차올라 호흡이 곤란해질지도 모른다는 건 의사에게 들어 알고 있었다. 그게 틀림없었다. 한 마디 한 마디 말할 때마다 쌕쌕거리며 가쁜 숨을 몰아쉬었다.

"알았어. 그럼 차이케모로 가자."

"힘들어서…… 가까운…… 병원으로…… 가고 싶어."

"알았어."

택시를 잡아타고 오사카 병원으로 달려갔다. 택시 안에서 담당의에게 전화로 연락해 병원에 도착하자마자 처치가 시작되었다. 긴급 입원이었다.

"산소 수치는?", "나오 씨, 지금 어디가 제일 불편하세요?"

의료진은 분주하면서도 침착하게 용태를 확인해주었다. 지금 생각하면 오사카 병원의 담당의, 간호사분들은 정말 애를 많이 써 주셨다. 하지만 이미 나오는 항암제를 맞을 수 없는 몸이 되어 있었다. 나오의 고통을 덜어주려면 진통제를 놓는 수밖에 없었다.

의료용 마약과 스테로이드다. 이제 통증에 듣는 약은 이것밖에 없었다. 다만 문제는 간 기능이 극도로 떨어진 나오에게 의료용 마약과 스테로이드를 주입하면 부작용이 예상보다 더 심하게 나타날 수 있다는 거였다. 혈중 암모니아 수치도 높아서 간성뇌증이 일어날 가능성도 있었다. 원래대로라면 간에서 제거되어야 할 독성 물질이 혈액 속에 머물러 있다가 결국 뇌로 가서 뇌 기능을 떨어뜨리고 그로 인해 혼수상태에 빠지거나 환각 또는 정신착란 증세를 보일 수도 있다는 것. 의료용 마약과 스테로이드를 주입하게 되면 이 의식장애가 빠르게 진행될 위험이 있었다.

힘들지 않게, 두렵지 않게, 고통스럽지 않게.

사랑하는 아내에게, 사랑하는 아들의 엄마에게 지금 내가 할 수 있는 일은 그것밖에 없다고 생각했다.

"시미즈 씨, 어떻게 하시겠습니까?"

의사 선생님이 결단을 재촉했다.

결단. 그 '스위치'는 또 내가 눌러야 했다. 나는 병세를 알고 있는 데다 그 주사를 맞으면 어떻게 되는지도 알고 있었다. 꿈과 현실을 구분하지 못하게 되거나 혼수상태에 빠질지도 모른다. 만약 스위치를 누르지 않으면 앞으로 하루를 더 살 수 있을지도 모른다. 나오는 "아직은 힘낼 수 있어"라고 말할지도 모른다. 그런데도 나는 지금 나오의 인생을 빼앗으려 하는 건가. 어쩌면, 앞으로 한 시간만이라도 더 말을 하고 싶어 할지 모르는데.

그래도 내가 스위치를 눌러야 했다. 당연히 남편인 내가 결정해야 했다. 결단 내릴 수 있는 사람은 나뿐이었다.

나오에게 더 이상 고통을 주고 싶지 않다. 괴로워하는 나오를 보고 싶지 않다. 하지만 고통을 멈추면, 자칫 의식을 잃게 될지도 모른다. 나오, 나오는 어떻게 하길 원해?

'응.'

나오가 고개를 끄덕였다. 내게는 그렇게 느껴졌다.

"선생님, 부탁드립니다."

결국, 나는 또다시 '스위치'를 눌렀다.

나오는 산소 호흡기를 달고 신경안정제와 스테로이드, 의료용 마약을 점적 투여받았다. 간성뇌증을 예방하는 점적도 시작되었다. 한때 위독한 상태였던 나오는 한 시간이 지나

자 거짓말처럼 안정을 되찾기 시작했다. 만나두어야 할 사람들에게 서둘러 전화를 걸었다.

힘들어 보이는 와중에도, 병실에 찾아온 친구들과 이야기하는 나오는 웃는 낯이었다. 장인, 장모님도 급히 달려오셔서, 온화하게 담소를 나누는 귀중한 시간이었다.

그런 나오를 보며 나는 후회하고 있었다. 어쩌자고 저런 사람 앞에서 울어버렸는지. 어쩌자고. 끝까지 '희망'의 끈을 함께 쥐고 놓지 않겠노라 다짐했건만, 어쩌자고. 어쩌자고 나오를 벼랑 끝까지 내몰아버리는 짓을 저지르고 말았는지. 내가 그런 말을 하지 않았다면, 내가 울지 않았다면, 나오는, 나오는…….

긴급 입원한 이튿날, 2월 7일. 나는 나오와 단둘이 오래도록 이야기를 나눴다.

"그만 잘까?"

밤이 깊어 나오의 몸을 걱정해 꺼낸 말이었다.

"괜찮아?"

"응, 모두에게 '오늘 와줘서 고맙다'고 전해줘요."

"알았어. 아버님, 어머님, 오빠들한테는?"

"다시 일어날 거라고."

"알았어."

"사랑하는 우리 아이한테는?"

"'오늘도 착한 아이였구나, 또 함께 놀자'라고."

"알았어. 꼭 안아줘."

"응."

"얼마나 착하다고. 나오가 꼭 얘기해줘."

"응."

"켄 씨, 내일, 또, 깨워줘요."

"……알았어. 잘 자."

나오는 조용히 눈을 감았다.

그리고 이것이 의사소통이 이루어진 마지막 대화가 되었다. 그 밤 이후에는 간성뇌증이 진행되는 바람에 더 이상 누가, 무슨 말을 하고 있는지 알지 못했다.

예상을 뛰어넘은
급변

너무 빠르다.

어느 의사고 그렇게 말했다.

"앞으로 한 달이 채 안 남았다고 보셔야 합니다."

2월 5일, 마지막 혈액검사를 받았을 때 들은 말이다. 그런데 그 바로 이튿날 급변해버린 것이다. 아무도, 아무것도 할 수가 없었다. 간성뇌증이 진행되면서 나오는 나오가 아니게 되었다.

그렇지만 날뛰거나 소리치는 일은 없었다. 담당의와 간호사들은 그런 나오를 보며, "주변에 폐를 끼치지 않으려 하다니, 정말 나오 씨답다"라고 털어놓았다.

그러나 이제 남은 시간이 얼마 없었다.

전원轉院

2월 8일, 일요일 아침.

지금까지 나오가 보여준 웃는 얼굴은 많은 사람을 움직였
다. 오사카 병원 선생님의 후의에 힘입어 병원을 옮기는 일
은 원활하게 진행됐다. 차이케모의 구스키 선생님도 고베에
서 오사카 병원까지 일부러 마중 나와주었다. 병원을 옮기
기에 앞서 나오의 상태가 워낙 좋지 않아 의사가 구급차에
동승해야만 했다.

구급차에 올랐다. 최악의 사태가 일어날 가능성도 배제할
수 없어서 장모님도 구급차에 함께 타시도록 했다. 나와 구
스키 선생님 그리고 장모님, 이렇게 셋이서 나오를 지켜보
았다. 구급차는 예상 외로 많이 흔들렸다. 원래 이렇게 흔들
리는 건가. 처음 타보는 구급차, 그 흔들림에 놀랐던 기억이
묘하게 선명히 남아 있다.

내뱉는 숨이 하얘질 정도로 추운 겨울 아침이었다는데, 나는 땀투성이가 되어 있었다. 더웠던 건 난방 때문인지 초조했던 탓인지, 그건 알 수 없다. 나오의 손을 잡고 나는 줄곧 말을 걸었다.

"괜찮아, 이제 괜찮아."

고베까지 가는 길이 엄청 멀게 느껴졌다.

포트아일랜드의 차일드 케모 하우스에는 점심 전에 도착했다. 차이케모에는 장인과 처남네 그리고 우리 부모님, 친척 등 가족 모두가 이미 모여 있었다. 이곳으로 옮긴다는 건 '임종을 지켜본다'는 것을 의미했다. 2월부터 휴가를 얻어 나오 곁에 딱 붙어 병간호를 시작했을 때도 차이케모에 갈 기회는 있었다. 하지만 '살고 싶어 하는' 나오를 억지로 데려갈 수는 없었다. 나도 나오가 살길 바랐고, 살아갈 '희망'을 마지막까지 쥐고 있어주길 바랐다. 아들을 위해서라도. 오사카 병원에 긴급 입원한 후 한동안 전원을 망설였던 것도 같은 이유에서였다. 아직 더 살길 바랐던 거다.

차이케모에 도착한 나오는 이미 의식이 몽롱해져 대화가 되지 않았다. 그때 일은 떠올리고 싶지 않다. 밤낮없이 꾸벅꾸벅 졸고, 그러다 눈을 뜨면 어린아이처럼 물었다.

"여기는 어디?"

"고베의 차일드 케모 하우스야."

"누구?"

"나오를 담당하시는 선생님이야."

다시 꾸벅꾸벅 존다.

눈을 뜬다.

"여기는 어디?"

그 반복이었다. 지금껏 이기적인 나를 마냥 참아준 나오. 이제는 철저히 이 사람과 함께할 생각이었다. 뭘 하든, 설령 영문 모를 소리를 한다 해도 원통하고 미안한 마음을 안고 끝까지 함께해주겠노라고. 나오는 몇 번이고 몇 번이고 같은 걸 묻고, 나는 몇 번이고 몇 번이고 같은 걸 가르쳐주었다. 솔직히 말해 나오의 그런 모습을 보는 것은 너무 괴로웠다…….

내가 하는 말을 나오가 알아들었는지 어쨌는지 그건 모른다. 다만 나와 아들을 향해서만은 "누구?"라고 묻지 않았다. 나와 아들은 줄곧 알아봐주었다. 그렇게 여기고 싶다.

차이케모로 옮겨온 그날 밤, 나오는 그동안 한 번도 입에 올리지 않았던 말을 대놓고 했다.

"힘들어."

"아파."

"괴로워."

잠시 잠깐 눈을 떼기라도 하면 어느새 링거 줄을 스스로 잡아 뺐다.

그야말로 수라장이었다. 의식은 몽롱하고, 잠깐이나마 정신이 들면 고통을 못 이겨 신음을 높였다. 어찌할 수 없는 고통이라는 걸까. 밤 10시부터 한 시간마다 그런 상황이 벌어지고, 그 간격도 조금씩 좁혀져갔다.

"괜찮아, 괜찮아. 우리가 있으니까."

신음이 커질 때마다 나는 나오의 손을 움켜잡았다. 그때는 나의 그 말이 전달되는지조차 알 수 없었다.

"조금만 더…… 조금만 더……."

나오가 헛소리처럼 중얼거렸다.

뭐가 '조금만 더'라는 걸까.

조금만 더 살고 싶은 걸까.

조금만 더 힘을 내겠다고 말하는 걸까.

아니면, 이제 조금만 더 있으면 자신의 목숨은 끝이 난다고 말하는 걸까.

나오는 또다시 링거 줄을 잡아 빼더니 침대 위를 기기 시작했다. 마치 그 앞에 무언가가 있기라도 한 양.

새벽 3시였다. 나는 더 이상 보고 있을 수가 없었다. 이제 더 이상은 무리다. 나오의 남편으로서, 나오는 더 이상 이렇게 괴로워하지 않아도 된다. 그리고 아들의 아버지로서, 엄마의 이 모습은 이제 보이고 싶지 않다.

이미 충분히 애썼다. 애썼으니까, 나오는…….

나는 의사 선생님을 불렀다.

차이케모의 의사 선생님으로부터 사전에 진통제 주사에 관한 설명을 들은 바 있었다. 주사를 맞으면 통증은 싹 가라

않는다. 그러나 약효가 강한 주사다. 어쩌면 의식을 잃을 수도 있다.

나는 또다시 '스위치'를 눌러야 하나.

그러나 스위치를 누를 수 있는 사람은 나밖에 없었다. 나오의 고통을 덜어줄 수 있는 사람은 나였다.

"아버님, 어머님, 이만하면 됐지요? 나오는 열심히 싸웠어요, 그렇죠?"

나는 장인, 장모님에게 물었다. 두 분은 말없이 고개를 끄덕였다.

"선생님, 나오가 괴로워하고 있습니다. 나오는, 나오는 절대 이런 걸 바라지 않습니다. 괴로워하고 있습니다. 그러니 선생님, 부탁드립니다."

"괜찮으시겠어요?"

"네."

나는 스위치를 눌렀다.

마지막 주사였다. 주사액이 들어간 순간, 나오는 경련을 일으키기 시작했다. 핏기가 싸악 가시는 게 눈에 보였다. 의사 선생님이 스태프를 불렀다. 이렇게까지 급격한 변화는 예상하지 못했던 모양이다.

"이 주사에 이 정도로 심하게 반응할 리는 없는데……."

의사도 당황할 정도의 급변이었다. 2월 9일 새벽 4시. 나오는 혼수상태에 빠졌다.

이후 이틀간의 상황을 무엇에 비유하면 좋을지 모르겠다. 나오는 더 이상 눈을 뜨지 않았다. 그러나 29년밖에 살지 않은 나오의 심장은 아직 살고 싶어 했다. 심장만 계속 움직이고 있었던 거다. 호흡음도 들렸다. 내게는 그 소리가 괴로워하는 것처럼 들렸다.

"선생님, 나오가 지금 아파하는 것 아닌가요?"

의사 선생님을 붙들고 수도 없이 확인했다.

"괜찮습니다. 부인께선 이제 아무런 고통을 느끼지 않습니다."

하지만 이건 누구도 체험한 적 없는 영역이다. 고통을 느끼는지 아닌지 과연 누가 알 수 있으랴.

나오가 혼수상태에 빠지고 나서부터 내가 어떤 행동을 했는지 나는 잘 기억나지 않는다. 식사를 했는지, 잠을 잤는지, 그런저런 기억이 없다. 나는 나오와 함께 꿈과 현실 사이를 헤매고 있었다. 이제 마지막 이별이었다. 차이케모에는 장인, 장모님은 물론, 처남네 가족, 우리 부모님, 누나네 가족 등 모두가 모여 있었다.

"나오, 괜찮아. 다 같이 있으니까. 걱정 안 해도 돼."

의사 선생님은 혼수상태에서도 귀는 들린다고 했다. 나는 나오의 손을 꼭 쥐고 나오에게 계속 이야기했다. 신기하게도 혼수상태에 빠지고 나서부터 나오의 심장음은 무척 안정적이었다. 흐트러짐 없는 깨끗한 소리였다. 차이케모의 선생님도 놀라워했다.

"지금까지 줄곧 예상 밖의 일이 일어났는데 이번에는 반대의 의미로 예상 밖의 일이 일어나고 있습니다. 놀라울 정도로 심장음이 안정적입니다. 아직 나오 씨는 살고 싶어 합니다."

2월 10일. 차이케모로 옮기고 나서 24시간 붙어 지내며 나오를 간호했다. 심장음이 안정적인 나오의 상태를 보고, 양가 부모님만 병실에 남고 나머지 사람들은 "의사 선생님도 괜찮다고 하니까" 하고 달래 밤에는 일단 집으로 돌려보냈다.

그날 저녁, 나는 마지막으로 병실에 나오와 아들과 나, 셋이서만 있고 싶다고 했다. 모두 한마음으로 그런 상황을 만들어주었다. 나는 아들을 나오의 얼굴 옆에 누였다. 나와 나오의 아들에게 '엄마'의 기억을 남겨주고 싶었다. 아들이 울어도 나오의 머리맡에 계속 눕혀놓았다.

"나오, 건강하게 울고 있어."

우리 아이의 울음소리를 똑똑히 새겨둬줘. 꼭 기억해줘.

"있잖아, 나오. 당신이 진짜로 원한 건 뭐야? 이걸로 된 거야? 저기, 나랑 결혼해서 행복했어? 즐거웠어? 내 멋대로였지. 나오에게 기대기만 하고. 정말, 이런 나여서 미안해. 나오는 잘 싸웠어. 정말 애 많이 썼어. 그리고 나한테 이렇게 귀여운 보물을. 고마워, 나오. ……하지만 미안해. 난, 난, 아무것도 해준 게 없어. 미안해, 미안해."

한 시간, 두 시간, 그렇게 많이 운 건 태어나서 처음이었던 것 같다. 나오가 나를 울렸다. 난생처음 마음으로 울었다.

"미안해. 살려주지 못해서 미안해……. 지켜주겠다고 했으면서, 미안해, 나오."

아아, 나는 나오가 너무나도 좋았다.

"나오를 좋아해."

울다 지친 아들은 엄마의 뺨에 자기 뺨을 딱 붙인 채 작은 숨소리를 내며 자고 있었다.

이윽고 모두가 병실로 돌아왔다. 그러자 갑자기 나오가 소리를 내기 시작했다. 으— 으— 하며 뭔가 말하려 했다.

"애 아빠를 찾는 것 같은데."

장모님이 말했다.

"맞아, 켄 씨를 찾고 있어."

모두가 말했다. 확실히 숨결이 이전과 달랐다. 그렇게 느껴졌을 뿐인지도 모르지만……. 나오를 보았다. 나오의 눈에서 눈물이 주룩 흘러내렸다. 눈이 건조해져 있던 탓이라고 남들은 말할지 모른다. 하지만 나오는 말이 되지 않는 목소리로 무언가를 말하려 했다. 그저 들이쉬고 내쉬고 하던 것과는 다른 숨결로 눈물을 흘리면서 말을 걸고 있다. 하지만 무슨 말을 하는 건지 알아들을 수가 없었다.

"고마워요"라고 하는 건지, "왜 좀 더 일찍 말해주지 않았어요?"라는 건지, "아들, 잘 부탁해요"라는 건지, 아니면 마지막까지 "미안해요"라고 하는 건지, 이것만은 평생 알 길이 없겠지.

'하지만 울지 않을 거야. 울면 무너져버릴 테니.'

그렇게 말했던 나오가 내 앞에서 눈물을 흘리고 있었다. 다시, 또 한 줄기 눈물이 흘러내렸다. 나는 마지막이 바로 코 앞까지 다가왔음을 느꼈다.

차이케모의 의사 선생님은 심장음이 안정적이라서 아직은 괜찮다고 봤던 모양이다. 하지만 무슨 이유에서였는지, 나오의 눈물을 본 나는 각오를 하고 있었다. 그리고 '그 때'가 가까이 왔음을 직감했다.

10일 밤에는 나오의 침대 옆에 침대를 하나 더 붙이고 나오, 아들, 나, 이렇게 셋이 나란히 누웠다. 나는 밤새 깨어 있을 작정이었는데 어느새 깜박 잠이 들었던 모양이다. 양가 부모님이 살짝 들여다보니 셋이 내 천川자로 누워 자고 있었다고.

"왠지 안심이 되더라."

나중에 우리 부모님과 장모님한테서 이런 말을 들었다.

"여느 때처럼 행복해 보이는 광경이라서 '아, 다행이다' 싶었지."

갑자기 나오가 날 부른 것 같았다. 눈이 번쩍 뜨인 나는 시계를 보았다. 짧은 바늘이 숫자 3을 가리키고 있었다. 오전 3시였다. 나오가 뭔가 말을 하고 있는 듯했다.

"나오……"

나는 나오에게 말을 걸었다. 으— 으—. 또 그 소리였다. 눈앞에, 침대에 누운 나오의 얼굴이 있었다. 평온해 보였다. 나오의 얼굴은 한없이 평온해 보였다.

"미안해, 나오. 미안해."

다시 이 말을 되풀이했다. 사과만 하는구나, 나는. 하지만 지켜주고 싶었어. 끝까지 지켜주고 싶었어. 지키겠다고 약속했는데. 지키지 못했어……. 미안해, 나오.

나는 나오의 손을 꼭 잡은 채 계속 사과했다.

30분쯤 지났을까. 낮은 목소리가 멎고 호흡이 점차 안정되기 시작했다. 조용하고 깊은 호흡이었다.

이번에는 네 차례야. 엄마에게 인사하렴. 엄마는 널 사랑해. 널 낳고 행복해 마지않았어.

나는 자고 있는 아들을 나오의 품에 안겼다. 그런 일이 실제로 있는지 어떤지는 몰라도, 나는 나오가 아들에게 뭔가 말을 할지도 모른다는 생각이 들었다. 나중을 위해서라도 엄마와 아들, 둘만 있게 해주고 싶었다. 나는 조용히 병실을 나왔다.

이삼 분 후였지 싶다. 내가 돌아오는 것과 동시에 별실에서 심전도를 지켜보고 있던 의사 선생님이 병실로 뛰어 들어왔다.

"위급합니다."

나는 곧바로 다른 방에서 주무시고 계시던 양가 부모님을 깨웠다.

"나오가 애쓰고 있습니다. 마지막으로, 말을 걸어주세요."

10분에서 15분쯤 말을 걸었을까. 나에게는 이미 더 할 말이 남아 있지 않았다. 오늘 이렇게 되리란 걸 마음속 어딘가에서 알고 있었다. 어머니가 "마지막으로 나오에게 말을 걸어보렴"이라고 하셨지만, 진짜로 더 할 말이 남아 있지 않았다.

그보다 나는 역시 나오답다고 생각했다. 끝까지 주변 사람을 배려한 것이다. 10일에는 의사가 놀랄 정도로 안정된 심장음을 들려주며 모여 있던 형제자매들을 집으로 돌려보냈으니.

'이제 괜찮아요. 걱정하지 마요.'

그렇게 말하고 있는 것 같았다. 끝까지 "나보다 주변 사람이 힘들지"라고 했던 나오다웠다. 폐 끼치고 싶지 않았던 것이리라.

힘들지 않게, 두렵지 않게, 고통스럽지 않게.

나는 그것만 생각했다. 그리고 나오에게 마지막까지 '희망'을 쥐여주고 싶었다. 하지만 모든 것을 짊어지고 있던 사람은 다름 아닌 나오였다. 괴로움도, 두려움도, 고통도, 실은 나오가 전부 짊어지고 있었다. 나오는 끝까지 내게 웃는 얼굴만 보였으니까.

나오는 내가 두려워하는 걸 원치 않았고, 내가 아파하는 게 싫었고, 내가 고뇌하고 괴로워하는 걸 바라지 않았던 거다. 마지막의 마지막까지 나오가 나를 지켜주고 있었다. 나는 나오에게 사랑받고 있었다.

고마워, 나오.

나오와 나 사이에 할 이야기는 다 마쳤다고 보았다. 나는 그것을 느끼고 있었다. 말로 설명하기는 어렵지만 어느 순간 제정신으로 돌아온 사람처럼 냉정해져 있었다. 마지막 순간에 호흡이 멎어버리는 것에 대한 두려움도 없었다.

완전히 숨이 사라진 후에 생각했다.

아아, 결국, 나오가 전부 짊어져주었어, 라고.

2015년 2월 11일 오전 3시 54분. 나는 아직 온기가 남아 있는 나오 곁에 다시 한 번, 아들을 누였다.

아빠 대신 기대렴. 엄마 냄새를 한껏 들이마셔두렴. 엄마의 온기를 느껴두렴. 아빠는 이미 충분히 기댔단다. 차고 넘칠 만큼. 자, 마지막 이별을 해두렴. 엄마를 네 몸에 또렷이 새겨두렴.

마지막
이별

차이케모 측에서 "몸을 닦아드릴까요?" 하고 말을 걸어왔다. 큰 대야에 채운 더운물을 타월에 적셔 몸을 닦아주는 일이다. 병원에 부탁해도 되고, 희망하면 내가 직접 해줄 수도 있었다.

나오는 내가 해주길 바랄까? 나오의 기분을 생각해 순간 주저했지만, 장모님이 "마지막이니 닦아주게나"라고 하셨다. 나는 장모님의 뜻을 헤아려 손수 닦아주기로 했다.

나오는 죽는 날까지 수술 자국을 내게 보인 적이 없었다. 보이고 싶지 않았으리라. 그게 옳은 일인지 아닌지 모르겠지만, 우리는 그런 부부였다. 처음부터 끝까지 주변 사람에게 마음고생을 시키지 않으려 했던 나오. 나는 이때 비로소 나오 몸에 난 수술 자국을 보았다. 그것은 이제껏 나오가 싸워온 흔적이었다.

마지막으로 모자를 벗겼다. 집 안에서도 줄곧 쓰고 있던 니트 모자다. 머리카락은 빠지고 없었다. 장모님이 울음을 삼켰다. 장모님도 처음 보았던 거다. 멋내기를 좋아해 스타일리스트가 되었던 나오. 점점 빠지는 머리카락을 보며 얼마나 무섭고 속상했을까. 그런데도 거기에 대해 한 마디도 하지 않고…….

애썼어, 나오. 나오의 몸을 닦아주면서 새삼 생각했다. 장하고 대견해, 나오. 누구 한 사람도 슬프게 만들고 싶지 않았겠지.

영정 사진으로는 다케토미 섬에서 찍은 사진을 썼다. 결혼식 사진이니, 피로연 때 사진이니 하는 다른 사진도 많았지만 역시 '엄마'의 얼굴을, 아들을 안고 있는 나오를. 편안하게 웃는 얼굴의 나오를…….

2월 14일. 나오의 장례식에는 많은 분이 와주셨다. 다름 아닌 나오다. 부끄러웠을지도 모른다. 나는 인사하러 나섰다. 아들을 품에 안고서.

"저의 아내 나오를 예뻐해주신 여러분, 그리고 따뜻한 말씀을 건네주신 여러분께 감사의 말씀을 드리는 동시에 사과드립니다. 제가 힘이 부족해서 여러분의 소중한 나오를 지키지 못했습니다. 면목 없습니다.

치료 과정이 아무리 힘들어도, 장차 그 어떤 불안이 닥쳐올지라도, '나보다 주위 사람이 힘들다'는 것이 나오의 입버릇이었습니다. 눈물은 한 번도 보인 적이 없었습니다. 11일 오전 3시 54분, 마지막 순간에도 모두에게 걱정 끼치지 않으려 조용히, 평온하게…….

그렇듯 착하고 강인한 사람이었지만, 지금은 그 나오가 울어주었으면 좋겠습니다. 모쪼록 여러분 마음속에 나오가 나타난다면, 함께 울어주시면 고맙겠습니다.

너무나도 빠른, 너무나도 아픈 이 현실을 어떻게 받아들여야 좋을지……. '아직 난 좋은 아내이고 싶고, 아직 난 좋은 엄마이고 싶다.' 나오가 그런 말을 한 게 딱 일주일 전이었습니다. 이 자리에서 당당하게 말해주고 싶습니다. 충분히 좋은 아내였다, 좋은 엄마였다, 라고.

아들이 태어난 지 석 달이 지났습니다. 이틀 전, 처음으로 몸을 뒤집었습니다. 그 모습을 보여주고 싶었는데.

억울하고 원통한 마음으로 가득했을 것입니다. 차마 발길이 떨어지지 않았을지도 모릅니다. 다만 저는 이것이 끝이라는 생각은 절대 하지 않습니다. 이 아이의 성장을 지켜보며, 앞으로도 나오와 함께 걸어가고 싶습니다.

지금까지 도와주신 여러분의 마음에 감사드리며 아울러 이 아이의 성장을, 또한 앞으로의 나오를 지켜봐주십시오.

이것밖에 안 되는 저이지만, 훌륭한 아내를 만났습니다.
1년 9개월간의 결혼 생활은 제게 더없이 소중한, 귀한, 보물
이 되었습니다.

나오, 고마워."

제5장

방송으로 복귀

<hr>

하지만 어땠을까, 실제의 나오는.

두려웠으리라. 힘들었으리라.

울부짖고 싶었으리라.

그렇다면 함께 울고, 분노하고,

때로는 미친 듯이 고함을 질러주었어야 하는 것 아닐까.

함께, 무섭다고 소리쳤어야 하는 것 아닐까.

<hr>

2015년 2월 19일. 나는 22일 만에 「ten.」 스튜디오에 나와 있었다. 결코 다시 돌아올 수 없을 것으로 생각했던 장소로. 책임 프로듀서인 사카 씨며 스태프들의 목소리에 등 떠밀리듯이 나는 다시 한 번 이 자리에 앉게 되었다. 나오가 앉혀준 건지도 모른다. 언제나 내 방송을 낙으로 삼아주었던 나오가 다시 어딘가에서 봐주고 있지 않을까.

나는 방송 첫머리에서 시청자에게 감사의 마음을 전했다. 이제껏 이야기하지 못한 것에 대한 사과의 마음을 담아.

"안녕하십니까. 「간사이 정보넷 ten.」입니다. 보름에 걸쳐 자리를 비웠습니다만, 오늘부터 복귀합니다. 투병 중이던 아내를 곁에서 보살피기 위해 휴가를 냈었습니다. 여러분의 따스한 이해 아래 아내를 배웅할 수 있었습니다. 진심으로 여러분께 감사드립니다. 고맙습니다. 오늘부터 다시 「ten.」

의 진행자로서 뉴스를 마주하고, 정확히 전달하겠습니다. 앞으로도 잘 부탁드립니다."

마음의 정리가 끝난 거냐고 묻는다면, 그렇지 않다. 앞으로도 정리되지는 않을 것 같다. 나오는 스물아홉 살이었다. 이제 갓 아이를 낳은 참이었다. 어떻게 이런 인생이 있을 수 있는지. 분했다. 정말 분했다. 실은 함께 울었어야 하는 것 아닐까. 무섭다고, 함께 울부짖었어야 하는 것 아닐까. 답은 나오지 않고, 뭐가 옳은지도 모르겠다. 그래도 나는 평생 이 마음을 짊어지고 살아갈 것이다.

"삼 주 만에 「ten.」 스튜디오에 서게 되었습니다. 투병 중인 아내를 간호한다는, 개인적인 이기심으로 방송을 쉬었지만, 여러분의 따뜻한 마음에 얼마나 큰 용기를 얻었는지 모릅니다. 새삼 여러분께 진심으로 감사드립니다. 고맙습니다. 그리고 마찬가지로 병마와 싸우고 있는 분, 또 그 가족분들이 많이 계시리라 생각됩니다. 그런 분들에게 조금이나마 응원을 보낼 수 있다면 좋겠습니다. 앞으로도 「ten.」의 캐스터로서 뉴스와 정면으로 마주하고, 여러분과 함께 생각하면서 전달해나가고 싶습니다. 「간사이 정보넷 ten.」, 앞으로도 잘 부탁드립니다."

솔직히 현실에서 도망치고 싶은 마음도 있었다. 아니, 도망치기 일보 직전이었는지도 모른다. 카메라 앞에서 울면 안 된다고, 스스로를 다독이고 진행석에 앉았다. 일단 스튜디오에 들어서면 그 순간부터는 프로가 되어야 한다. 당연한 일이다.

하지만 역시 무리다. 이 말이 맞는지는 모르겠지만 이다지도 잔혹한 일이었던가……. 아무리 괴로워도, 아무리 슬퍼도, 웃을 때는 웃는다. 아무 일도 없었던 것처럼. 이전보다 한층 더 카메라 앞에 서기가 두려워졌다. 그러나 이 일이 없었다면 나는 이미 쓰러졌을 것이다. 아내 앞에만 내내 앉아 있었을 것이다.

화면을 보며 '아, 역시 힘든 나 자신이 드러나는구나'라고 생각할 때도 있었고, 아내를 잃은 인간이 이런 프로그램의 진행을 맡아도 되는 걸까, 하는 고민도 많았다. "시미즈 켄의 부인은 스물아홉이라는 젊은 나이에 세상을 떠났다지? 그럼 지금, 아이를 혼자 키우고 있는 건가?" 하고 다들 동정 어린 눈으로 보는 건 아닌지. 그런 눈길을 받고 싶지 않다는 마음도 있었고, 그런 걸 신경 쓰는 인간이 이 자리에 앉아 있어도 되나, 하는 생각도 들었다.

하지만 나는 지금 많은 사람의 뒷받침 덕에 이렇듯 진행석에 앉아 있다. 그야 아무래도 좀 더 감정이입하게 될 때도 있다. 학대 관련 뉴스가 있으면 도저히 그냥 넘어갈 수가 없다.

질병을 다루는 뉴스가 있는 날엔 그 병이 미워 견딜 수가 없다. 그런 심정을 말로 옮기느냐 마느냐는 둘째 치고, 확실히 지금의 나는 이전의 나하곤 다르다. 그래도 괜찮은 걸까……

하지만 그게 '지금의 나'니까. 나밖에 할 수 없는 일이 있다면, 나니까 전할 수 있는 일이 있다면. 진정한 의미에서 남들의 고통과 슬픔을 이해하는, 사람들의 마음에 '다가설 수 있는' 한 인간이고 싶다. 진심으로 그렇게 생각한다. 그래서 나는 계속 전하고 싶고, 그런 마음으로 카메라 앞에 선다.

벚꽃을 볼 때면, '작년에는 나오와 함께 봤는데……' 하고 생각한다. 생일, 여름휴가, 크리스마스, 설……. 이런저런 일이 있을 때마다 어김없이 '작년에는……' 하고 생각한다.

지금은 마음의 실이 간신히 이어져 있는 상태로 나 자신을 계속 타이르는 시간. '그렇다고 멈춰 서서 어떻게 할 건데? 울기만 하면서 보낼 거냐? 아니잖아. 그게 아니라 앞으로 나아가야지' 하고. 뭐랄까, 여기서 멈추면 평생 멈추게 돼버리는 건 아닐까, 생각한다.

복귀하고 나서 방송 말미에 "마찬가지로 병마와 싸우고 있는 분, 또 그 가족분들이……" 하고 말했었는데 그 마음은 점점 더 굳건해진다.

'더 이상은 무리야, 이제 한계야' 하는 마음이 드는 날도 있다. 너무 애달파서, 너무 무거워서, 추억이 너무 소중해서……. 하지만 나오의 웃는 얼굴은 보물이 되어 내 안에 남아 있다. 잊으면 안 되는 거다. 나오의 웃는 얼굴이 "켄 씨에게는 할 일이 있어요"라고 가르쳐준다. 나는 나오에게서 커다란 숙제를 받았다. 그 숙제는 너무나도 크다. 하지만 그것이 나오가 안겨준 상냥함이라고 나는 생각한다.

나뿐만이 아니다.

소중한 사람을 떠나보낸 사람은 그 후로도 계속 싸워나가는 수밖에 없다. 결코 질질 끄는 건 아니지만 싸움은 끝나지 않는다. 장례 인사 때 "이것이 끝이라는 생각은 절대 하지 않습니다"라고 말했듯이, 정말 끝이란 건 없다고 생각한다.

함께 살아간다.

내 생각에 '싸운다'는 건 그런 게 아닐까 싶다. 눈앞의 현실을 마주하고 그 현실을 짊어지는 것. 당연한 일이 당연하지 않게 되었을 때, 슬프고 괴롭고 억울하다. 하지만 소중한 사람이 짊어지고 있던 기쁨과 슬픔, 즐거움, 괴로움 따위를 전부 대신 짊어져준다. 그리고 앞으로 나아간다. 그렇지 않으면 걱정할 테니까…….

상담해준 하이힐 링고 씨는 "TV에 나오는 사람이 방송을 쉰다는 게 뭘 의미하는지 알고 있겠지. 일단 한번 쉬면, 돌아오지 못할 수 있다는 거. 캐스터로서 정말 그래도 괜찮겠어?" 하고, 몇 번이고 걱정스럽게 물었다. 마지막에 전화상으로 "쉬기로 마음먹었습니다"라고 전한 날, 링고 씨는 방송국 근처 커피숍으로 와 「ten.」방송이 끝나는 시간까지 기다려주었다. 내 이야기를 들은 링고 씨는 울면서 "알았어, 지금 시미켄 집으로 같이 갈게" 하고 집까지 와주었다.

"시미켄이 일을 쉬는 건 도망치는 게 아니니까. 결코 두 사람은 불행하지 않아. 당신들은 행복해. 이런 귀여운 아이도 있고."

링고 씨는 나오에게 그렇게 말하고 현관문을 닫았다. 우리 집에 머문 시간이라야 불과 1, 2분 정도였지 싶다. 그때 나는 프로그램에서 강판당할 각오를 하고 있었다.

하지만 복귀하게 되었고, 이후 소중한 사람을 떠나보낸 분들을 취재할 기회도 여러 차례 주어졌다. 그 취재가 오히려 유족들의 마음을 더 아프게 하진 않았을까, 하는 생각도 있다. 슬픔의 끝을 맛보는 고통은 남이 이러쿵저러쿵 말할 수 있는 성질의 것이 절대 아니다.

소중한 사람을 잃고 나면 어떻게 해야 좋을지 알 수 없어서 그러안아버린다. 틀어박혀버린다. 내가 그러했듯이……. 그 마음에 조금이라도 가까이 '다가갈 수 있다면' 나는 계속해서 취재하고 전하고 싶다.

솔직히 괴로울 때도 있다. 세상사 똑같은 경우란 있을 수 없다. 하지만 이야기를 듣다 보면 어김없이 아내의 일이 떠오른다. 나오도 그랬는데, 하고 뭐든 다 떠올라버린다. 떠올리고 싶지 않은 일까지도. 그래도 내가 이야기를 듣고 함께 눈물 흘림으로써 조금이라도 앞을 향해갈 수 있다면…….

'가여운 일'을 전하는 게 아니다. 멈춰 서더라도, 돌아보더라도, 그런 가운데 죽을힘을 다해 앞을 향하려 한다는 것을 전하고 싶다. 나 자신이 앞을 향하고 있지 않기 때문에 더더욱……. 그 화면에서 정말 뭐든 좋으니 무언가를 느낄 수 있다면 좋겠다. 그것이 지금의 내가 할 수 있는 일이자 해야 할 일이며 아내가 내준 숙제라고 생각한다.

이렇게 캐스터로서 돌아올 수 있었던 것도 어쩌면 나오의 의지가 작용했기 때문인지 모른다. 2월에 휴가를 얻을 때만 해도 다시 돌아올 수 있으리란 생각은 하지 않았다. 책임 프로듀서인 사카 씨는 말했다.

"이 휴가가 한 달이 될지 석 달이 될지, 반년이 될지 일 년이 될지, 그건 아무도 몰라. 그러니, 온 힘을 다해 나오 씨를 지켜. 그리고 꼭 붙어서 가족을 지켜. 그게 지금 네가 할 일이야. 프로그램은 우리가 지켜둘 테니까."

정말 고마웠다. 대단한 캐스터도 아닌, 고작 이런 나인데.

아무리 그런 말을 들었어도 캐스터가 몇 달씩이나 쉰다는 건 있을 수 없는 일. 시청자에게도 예의가 아닐 것이다. 사실 나만 괴로운 건 아니다. 마찬가지로 병마와 싸우고 있는 분들, 또한 그 가족분들 그리고 간호……. 괴로운 사람들은 많이 있다. 쉬고 싶어도 일을 쉬지 못하는 사람도 있을 것이다. 그래도 나는 휴가를 얻을 수 있었다. 염치없는 일이긴 하지만 고마웠다.

그 일이 스태프들에게 폐가 되는 일이라는 것도, 시청자에 대한 예의가 아니라는 것도 아주 잘 알고 있었다. 따라서 "돌아와라", "기다리고 있을게"라는 말을 들었을 때 감사하는 동시에 프로그램에서 하차할 각오를 했다.

그런데 나오는 내가 일을 쉰 지 열흘째 되던 날 떠나버렸다. 너무나도 이른 죽음이었다. 한 달이 될지, 석 달이 될지, 반년이 될지……라고 생각했는데 한 달도 채 안 되어서……. 나오는 대체 어디까지 나를 지켜주고 있는 걸까.

또한 이런 나를 기다려주었던 시청자분들……. 정말 많은 분이 페이스북이며 트위터, 편지로 따뜻한 말씀을 해주셨다. 그리고 스태프 여러분. 나는 행운아다. 내가 일을 쉬게 된 것을 슬퍼하던 나오가, 그 때문에 자기 자신을 '역귀'라고 자책한 나오가 내 등을 밀어준 것이 틀림없다.

나는 다시 한 번 기회를 얻었다. 여기에는 전심전력으로 응해야 한다고 생각한다. 나오가 있었어도 틀림없이 이렇게 말했을 것이다.

"켄 씨라면 잘할 수 있어요"라고.

휴대전화가
두렵다

업무에 복귀했지만 휴대전화를 보는 건 여전히 겁난다. 다양한 검사 결과, 좋지 않은 소식. 그런 것은 전부 내 휴대전화로 알려오게 되어 있었다. 좋은 소식을 받은 적은 없다. 나오의 투병 생활 중에 그와 같은 일은 있을 수 없었다.

다시 열이 오른 건 아닌지. 상태가 갑자기 나빠진 건 아닌지. 아니면……. 하지만 보지 않을 수 없었다. 나오를 지키겠다고 맹세하지 않았던가.

한계였다. 언제 쓰러져도 이상할 게 없었다. 나는 나오를 지키고 싶었다. 살리고 싶었다. 구하고 싶었다. 단 1초라도 더 함께 있고 싶었다. 나오에게 눈물은 보일 수 없어서 — 결국 몇 번씩이나 보이고 말았지만 — 나는 혼자가 되면 참지 못하고 울었다. 지금 생각하면 나오도 혼자 울고 있었을 게 틀림없다. 하지만 나오는 '울면 내 자신이 무너져버린다'고

했다. 무너져버리는 것은 나오가 아니라 나였는데도.

나오는 시미즈 켄이라는 작은 남자를 지켜주고 있었다.

"정말 괜찮아?"

나는 수도 없이 나오에게 물었다. 괜찮아 보인다면 그렇게 묻지 않았을 것이다. 누가 봐도 괜찮지 않기 때문에 괜찮냐고 물었던 것인데 나오의 대답은 늘 정해져 있었다.

"응, 괜찮아요."

다른 사람에게 폐 끼치지 않는다. 그러고 싶지 않다. 그것이 나오가 지닌 삶의 방식이었다. 가장 가까이에 있는 남편에게는 더더욱 폐를 끼치고 싶지 않다. 짐이 되고 싶지 않다. 그래서 울지 않는다. 그래서 약한 소리를 하지 않는다. 그게 나오의 방식이었기 때문에 함께 운 적은 없었다. 이것이 우리 부부의 '모습'이었다.

하지만 어땠을까, 실제의 나오는. 두려웠으리라. 힘들었으리라. 울부짖고 싶었으리라. 그렇다면 함께 울고, 분노하고, 때로는 미친 듯이 고함을 질러주었어야 하는 것 아닐까. 함께, 무섭다고 소리쳤어야 하는 것 아닐까.

만약 투병 중인 분이 가까이에 계신다면 나는…….

"함께 울어주세요."

아니,

"함께 울어도 괜찮습니다."

이렇게 전하고 싶다.

물론 '부부의 모습', '가족의 모습'은 다양하다. 하지만 그 가운데 '함께 운다'는 선택지가 있어도 괜찮을 것 같다. '죽음'이라는 것에 대해 서로 이야기하는 '모습'이 있어도 괜찮지 않을까. 나는 그렇게 하지 못했지만…….

그리고 모쪼록 마음을 공유해주었으면.

찾지 못한 '정답'

아내가 유방암에 걸렸다는 걸 알게 되었을 때 우리는 '셋이 살아가기로' 마음먹었다. '셋이 사는 선택'을 했다.

그 결단은 틀리지 않았다. 아들의 얼굴을 볼 때마다 그런 생각이 든다. 하지만 이것이 일반적인 정답이냐고 물어온다면 그건 알 수 없다. 사람에게는 저마다 다양한 생각이 있고, 다양한 마음이 있으니 그 모두가 정답이 아닐까 싶다. 이 세상에서 가장 소중한 사람과 충분히 대화하고 그 사람을 배려한 끝에 짜낸 대답이므로.

단 하나의 정답 같은 건 없다.

어떻게 될까, 언젠가 답이 나오려나……. 하지만 나는 계속해서 물을 것이다. 사랑하는 아내와 나 사이에 태어난 우리 아이를 지키기 위해. 그리고 아내의 '마음'을 위해…….

유방암을 비롯해 다양한 '병'으로 고생하고 계신 분, 그리고 그 가족분들. 어쩌면 '정답이 무엇일까' 하고 고민하거나 헤매고 있을지도 모른다. 나도 그랬고, 지금도 그러고 있으니까. 좀 더 해줄 수 있는 일이 있지 않았을까, 하고 후회는 끝이 없다.

이제 와 돌이켜 생각해본다. '다가선다는 것', '같이 나눈다는 것'. 이 말의 진정한 의미는 무얼까, 하고.

고민, 괴로움, 슬픔, 불안, 기쁨. 당사자가 가장 힘들다. 그렇다면 주변 사람은 무얼 할 수 있을까. '함께' 고민하고, 괴로워하고, 슬퍼하고, 기뻐하고, 웃고, 울고……. 그리고 '함께' 미래를 믿고, 함께 '지금'을 산다.

지금 현재 '생명'과 마주하고, 밤낮없이 환자 곁에서 애쓰시는 의료 종사자 여러분. 부디 앞으로도 환자와 그 가족분들에게 힘이 돼주시길…….

지금 현재 '병마'에 맞서 싸우고 계신 분들, 가족분들에게도 말을 건네고 싶다. "힘내세요"라고.

바로 지금, 눈앞의 '어려움'과 마주하고 계신 분들에게도 말하고 싶다. "함께 힘냅시다"라고.

우리는 결코 혼자가 아니니까…….

나오와 나에게는 우리의 선택이 '정답'이었다. 누가 뭐라고 하든. 그리고 이와 같은 '부부의 선택'이 있었다는 것을 모쪼록 하나의 참고로 삼아주길 바란다.

한없이 부족한 저에게…….

  와카이치 코지 씨, 아내의 전이 소식을 알리자 분장실에서 소리 내어 함께 울어주셨습니다. 노무라 슈야 변호사, 갖가지 상담에 응해주시고 남들 눈도 아랑곳없이 눈물을 흘려주셨습니다. 괜찮냐며 늘 밝게 대해준 마도카 히로시 씨. 나오를 위해, 나오가 좋아하는 「피아노와 나」를 불러준 '알케미스트'의 두 사람. 오쿠노 후미코 씨, 많은 병원을 소개해주고 "우리가 있으니까" 하고 눈물 흘리며 격려해주셨습니다. 전화로 "나오가 유방암에 걸렸다"고 하자 당장 그날, 면역을 높이는 방법이 있다며 자료를 갖고 차로 집에까지 달려와준 아카호시. '아무것도 몰라서 미안해. 나는 시미켄을 기다리고 있을게'라고 메일을 보내준 개그 듀오 '마스다 오카다'의

마스다 씨. 개그 듀오 '메신저'의 아이하라 씨, 아들 녀석이 앞으로 다녀야 할 병원이며 어린이집 사정 등을 부인과 함께 알아봐주셨습니다. "아이 때문에 곤란한 일이 생기면 언제든 말해요"라고 해준 이시다 야스시 씨 부부. 아들의 첫 생일에 "나오 씨도 좋아하려나" 하고 선물을 주신 박일 씨. 나오를 딸처럼 예뻐해주고 "나오 씨와의 일을 많은 사람에게 전해줄 수 있길 기다려요"라고 말해준 야마다 미호코 씨. 오오타와 후미에 선생님, 때로는 엄하게, 하지만 정확히 조언해주셨습니다.

다자키 시로 씨, 데시마 류이치 씨, 기시 히로유키 씨, 스미타 히로코 변호사, 다케다 케이고 씨, 니시다 히카루 씨, 니시무라 가즈히코 씨, 아리마 하루미 씨……

"시미켄, 이제부터야. 아빠니까" 하고 슬며시 등을 밀어주는 하이힐 모모코 씨. "나오 씨는 할 만큼 했어. 그리고 시미켄도 정말 애 많이 썼어" 하고 끌어안아준 하이힐 링고 씨.

"괜찮아? 무슨 일 있으면 말해줘." 나오가 떠난 것을 알고 바로 전화해 따뜻한 말로 위로해준 남성 듀오 '고부쿠로'의 구로다 슌스케.

"난 알 수 있어. 나오 씨는 우리 곁에 있어"라고 얘기해준 가미누마 에미코 씨.

"장해" 하고 어깨를 툭 쳐준 신보 지로 씨.

그 밖에도 정말 많은 분들이…….

그간 신세를 지고 있으면서도 사정을 이야기하지 못했습니다. 탤런트 여러분, 스태프 여러분, 회사 상사, 후배 여러분에게 이 자리를 빌려 사과드리는 동시에 진심으로 감사드립니다. 휴가를 허락해준 책임 프로듀서 사카 씨. 쉬는 동안, 날마다 제가 보낸 보고 메일 때문에 많이 힘들었을 겁니다. 그리고 이른 아침임에도 불구하고 나오의 사망 소식을 전화로 알리자, "나오 씨, 애 많이 썼네. 시미즈, 기다리고 있을게" 하고 울먹이는 목소리로 힘을 실어주었습니다.

그리고 무엇보다 TV를 통해 응원해주신 여러분께…….

진심으로, 진심으로 감사드립니다.

혼자가 아닙니다.

'마음'은 영원히 살아 있습니다, 반드시. 그 '마음'과 함께 앞을 향해…….

시미즈 켄

장인어른, 장모님, 저는 '행운아'입니다. 저희 부모님이 그러시더군요. "켄이 왜 나오랑 결혼했는지, 나오가 없는 지금, 잘 알겠다"라고……. 나오와 '함께' 살 수 있어 정말 좋았습니다……. 정말입니다. 그러니, 앞으로도 쭉 '가족'으로 있어주세요.

그리고 부모님께 감사드립니다. 그동안 쑥스러워서 제대로 말하지 못했지만, 솔직히 저 혼자서는 무리였어요……. 함께해주셔서 고맙습니다. 여전히 걱정만 끼치는 아들이지만 앞으로도 잘 부탁드려요.

그리고 누나 가족, 처남 가족, 모두 많이 울었지요. 그 눈물 전부가 저의 버팀목이었습니다. 모두가 있어주었기에 나오가 있고, 사랑하는 우리 아이가 있고……. '가족'의 진정한 의미를 지금에서야 깨달은 느낌입니다.

모두에게 고맙습니다. 진심으로…… 나오 몫까지…….

나오. 나, 순순히 고맙다고 말할 수 있어…….

나오가 소중히 여겨온 것을 반드시 지킬게. 고마워.

켄

감사의 말

니시가와 의원 니시가와 원장님을 비롯한 여러분.

크리훔 푸우 리츠코 머터니티 클리닉 푸우 원장님, 나카무라 수간호사님을 비롯한 여러분.

JCHO 오사카 병원 기무라 료 선생님, 오오이 가오리 선생님을 비롯한 여러분.

가토 유선 클리닉 가토 선생님을 비롯한 여러분.

차일드 케모 하우스 구스키 선생님을 비롯한 여러분.

오사카 대학 의학부 부속병원.

아다치 병원 하타야마 원장님을 비롯한 여러분.

일본의료정책기구 미야타 도시오 선생님.

교온지教恩寺 샤쿠묘케釈妙華 주지住持.

시미즈 켄·나오 부부의 끈

시미즈 부부가 크리홈에 처음 찾아온 때는 2014년 4월 9일, 아직 임신 11주 차였다. 켄 씨와는 그간 방송에서 만나 안면이 있었지만 나오 씨와는 첫 만남이었다. 자연스럽게 우러나오는 상냥한 미소, 남편을 앞세우는 모습이 전형적인 일본 여성이었다. 배 속의 아기를 초음파 화상으로 보며 어린아이처럼 기뻐하는 부부. 그때까지만 해도 이 두 사람에게 운명의 시간이 찾아올 줄은 몰랐다.

가슴에 멍울이 있다며 다시 찾아온 것은 그로부터 얼마 지나지 않아서였다. 그 후 상황이 매우 빠르게 전개되면서 두 사람은 출산을 할지 말지 선택의 기로에 몰리게 되는데 나오 씨의 얼굴에는 '낳고 싶다'는 마음밖에 없어 보였다. 나오 씨의 몸과 마음을 걱정하는 켄 씨의 복잡한 심경이야 이루 말할 수 없었겠지만, 나오 씨는 그런 켄 씨를 조용히 미소 지으며 바라보았다. 내 걱정은 만약 출산을 하지 않는 길을 선택했을 경우, 나오 씨가 자책감에 무너져버리진 않을까 하는 것이었다. '출산한다'는 부부의 최종 결단을 들었을 때 나는 부부 두 사람의 '인연의 끈'을 지켰노라 안심했던 것이 기억난다.

임신 기간 중, 수술과 약물의 영향 등을 걱정하여 여러 차례 태아 검진을 받으러 왔던 두 사람이었으나, 그런 걱정과 달리 아기는 무럭무럭 자랐다. 치료와 병행해야 하는 힘겨운 임신 생활이었을 텐데 나오 씨는 힘든 내색 하나 없이 기쁨에 찬 얼굴로 아기의 초음파 화상을 지켜보았다. 비장감이라곤 찾아볼 수 없는, 여느 때와 마찬가지로 웃는 낯의 나오 씨에게서 나는 불가사의한 강인함을 느꼈다. 그런 한편, 켄 씨가 흘리는 남자의 울음을 어떻게 받아주어야 할지 고민하는 나날이었다.

아기 탄생 이후, 마침 오사카 마라톤 대회가 있던 날 병문안 갔을 때도 나오 씨는 여전했다. 자신의 아픔은 아랑곳하지 않고, 마라톤 완주 후 발목 통증을 견디며 아들을 달래는 남편의 모습을 즐거운 듯 미소 지으며 바라보고 있었다. 그후에도 몇 차례 문병을 갔지만 보기 딱할 정도로 힘든 치료와 부작용이 되풀이되는 중에도 미소 띤 얼굴은 한결같았다. 메시지에도 늘 긍정적인 말과 감사의 말, 피곤한 남편을 걱정하는 말만……. 이 얼마나 강인한 정신과 무한한 상냥함의 소유자인지.

한편, 켄 씨는 나오 씨를 살리기 위해 끝까지 동분서주했다. 며칠에 한 번씩 켄 씨가 보내오는 메시지에는 그날의 검사 결과 및 고찰과 이후의 방침에 대한 내용이 상세히 담겨 있었고, 나오 씨에게는 보여주지 않은 남자로서, 남편으로서, 아버지로서의 의지가 넘쳐났다. 무슨 짓을 해서라도, 무슨 일이 있어도 나오 씨의 생명을 지켜내고 싶은 마음뿐이었다. 치료법이며 통증 완화에 대한 지식을 끝도 없이 탐하고, 현실의 나오 씨와 정면으로 마주하는 한결같은 모습에는 존경심마저 들었다.

임종 41일 전인 새해 첫날, 켄 씨로부터 '올해 테마는 돌진입니다' 그리고 나오 씨로부터는 '가족 셋이서 힘차게 나아가겠습니다!!' 하는 밝은 메시지를 사진과 함께 받았다. 이렇게 멋진 부부에게는 반드시 기적이 일어날 거라 믿고 싶었다.

임종 사흘 전, 해외 출장 중인 나와 안부를 나누던 중에 켄 씨가 보내준 사진이 있다. 나오 씨의 손가락을 꼭 움켜쥔 자그마한 손. 켄 씨는 냉정함을 유지하려 안간힘을 썼다. '앞으로도 푸우 선생님 기억 속에는 평소의 나오 모습만 남았으면 좋겠습니다' 하고, 나오 씨의 괴로워하는 모습을 보이고 싶지 않았던 켄 씨가 처음으로 나의 병문안을 사양했다. 그러나 나오 씨가 너무 보고 싶었다. 귀국 후 공항에서 곧장 나오 씨에게 달려갔는데 그곳에는 상상과는 달리 무척 아름다운 얼굴의 나오 씨가 있었다. 그때 나는 나오 씨한테서 소중한 메시지를 받은 기분이었다.

그 미소 뒤에는 장대한 강인함과 무서울 정도의 집념이 있었다고 나는 확신한다. 모든 것을 알고, 수용하고, 자신의 고통보다 남편의 고통을 조금이라도 더 덜어주려는 것이 본능적으로 되는 사람이었다. 결코 꾸며낸 것이 아니었다. 29세라는 젊은 나이에, 이런 여성이 다 있다니. 그리고 병이 난 아내를 위해, 일로 도망치는 일 없이 현실과 정면으로 마주하여 헤쳐나가고, 비록 뒤에서 엉엉 울지라도 야무지게 앞을 바라보고, 매사 적당히 넘어가는 법 없이 어디까지나 논리적인 사고와 인간적인 감정을 양립시켜 순수하게 해내는, 이렇게 멋진 남자가 어디 또 있을까.

나는 이 두 사람에게서 말로는 다 표현할 수 없을 정도의 강인함과 상냥함을 배웠다. 그리고 이 멋진 부모의 '끈'은 영원히 계승되리라 믿는다.

크리홈 푸우 리츠코 머터니티 클리닉
임상 태아의학 연구소 원장 푸우 리츠코

나오에게

잘 지내?

나는 많은 분의 힘을 빌려 그럭저럭 해내고 있어.

참, 그래, 이 말을 해둬야지. 우리 아들, 말썽쟁이야~! 떼쟁이

에 어리광쟁이에, 누굴 닮았는지…… 정말 잠시도 눈을 뗄

수가 없다니까. 최근엔 손 붙잡고 같이 밖에도 걸어 다니게

되었어. 굉장하지? 나날이 성장하고 있어. 보고 있는 거지?

사실 말인데, 역시 나오랑 같이 기뻐하고 싶어. **뿔뿔뿔 기**

어 다니고, 붙잡고 일어서고, 아장아장 걷고, 바이바이 인

사도 하고, 이름을 부르면 "네" 하고 함박웃음 지으며 손을

들어 보여…… 함께 기뻐하고 싶다.

나오에게 보여주고 싶었는데. 엄마라면 뭐라고 말하려나.

미안, 이런 말 하면 또 걱정할 텐데. 응, 괜찮아. 모두 함께 있어. 나, 혼자가 아니야. 그러니 안심해.

새삼 이런 말 하려니 쑥스럽지만, 1년 9개월이라는 결혼 생활, 정말 감사해. 집에는 사진이 한가득 있어. 나오의 상냥하고 따뜻한 표정. 나와 나오의 소중한 보물, '우리 두 사람의 아이'가 성장하면 나오에 대해, 엄마에 대해 잔뜩 가르쳐줄게. 반드시 전해질 거야, 나오의 마음. 어느 사진이고 다 최고의 웃는 얼굴이니까.

어느 것 할 것 없이, 다 그래.
병원 침대에 누워 있을 때조차 나오는 웃고 있어. 항암제 부작용으로 입안에 헤아릴 수 없을 만큼 많은 구내염이 생겼을 때도. 내가 힘들어서 축 처져 있을 때도 나오는 웃고 있어. 다케토미 섬 여행 때도 그랬지. 이제는 알 것 같아. 이미 오래전에 모든 게 다 힘들었으리란 걸……. 하지만 그때 나오의 웃는 얼굴은 멋져. 정말 최고로 멋져.

나오는 언제나 웃고 있었어. '과거형'이 견딜 수 없이 싫지만, 슬플 때도 힘들 때도 괴로울 때도 늘 웃고 있었어. 언제나, 항상, '주변 사람'을 위해 웃고 있었어.

잔뜩 이야기해줄 거야.
우리 둘의 아이에게, 엄마의 강인함과 상냥함을.
팔불출같이 자기 아내를 너무 칭찬하면 안 되는데.
나오의 쓴웃음이 눈에 아른거리네.

하지만 이건 자랑이야. 정말 당당하게 자랑할 수 있어.

그래서 엄마가 얼마나 근사했는지, 아이에게 잔뜩 이야기

해줄 거야.

사진 앞에서 이 사람이 '엄마'고, 이 사람이 '아빠'라고 가

르쳐주고 있어. 신기한 게 저도 아는지, 빽빽 울다가도 사

진 앞에서는 울음을 딱 멈춰. 그리고 '아~ 아~' 하는 거야.

그래도 역시 슬프고, 외롭다.

하지만 반드시 앞을 향해 갈 거야.

더 이상 나오에게 걱정 끼칠 수 없어.

난 괜찮아. 괜찮지 않지만 괜찮아. 모두 도와주고 있어.

이것도 나오 덕분이야.

그래서 말인데 하나만 부탁할게.

사랑스러운 우리 아이에게 이야기를 걸어줘. 성장하는 모습을 지켜봐줘. 나오의 아들을 지켜줘.

이런 건 굳이 내가 말하지 않아도 알 텐데, 미안.

으음, 안 되겠다. 역시 눈물이 나네. 한심하게…….

안 돼, 안 돼, 난 '아빠'이자 '남편'이야.

이런 모습, 아들에게 보이면 안 되겠지?

괜찮아. 난 나오에게 강인함과 상냥함을 배웠어. 웃는 얼굴의 근사함을 배웠어.

나오가 그랬지.

"병에 걸린 사람이 켄 씨가 아니라 나여서 다행이야"라고.

강한 사람, 착한 사람.

어떻게 그런 말을 할 수 있었을까.

나오. 할 수 있을까, 나.

"문제없어요. 켄 씨라면 틀림없이 할 수 있어요."

나오라면 그렇게 말하겠지.

속상하네…… 역시 눈물이 난다.

곁에서 말해주면 좋겠다. 살며시 팔짱 껴주면 좋겠다.

정말 속상하다. 난, 지키지 못했어. 뭐냐고, 정말.

그래도 있지, 건강한 우리 아이가 함박웃음을 지으며 어리

광을 부리기 시작했어. 이 아이를 절대 외롭게 만들지 않을

거야. 절대⋯⋯. 다른 사람들도 모두 도와주고 있어.

정말 모두에게 감사해.

나오가 곧잘 말했지.

"모두에게 고마워", "난 괜찮아"라고.

눈물의 의미를 바꿔갈 거야.

흐르는 시간을, 또렷이 새겨나가도록 할 거야.

주변에 따뜻한 사람이 많이 있고, 여러모로 도움도 받고 있어.

진심으로 모두에게 감사해. 나오 몫까지 전하며 살게. 하지

만 솔직히, 단 하나의 온기가 필요해. 목소리가 듣고 싶어.

미안, 또 걱정 끼치고 있네.

한 가지만 약속해줘.

앞으로 오래도록 아들 곁에 있어줘.

난 괜찮으니까.

나오. 나오랑 살아왔기에 지금의 내가 있어. 안심해.

나오랑 둘이서 지켜온 것을 앞으로는 내가 지킬게.

으음, 역시, 목소리가 듣고 싶고, 온기가 그립다.

한없이 슬픔에 잠겨 지내는 날도 있어.

하지만 앞을 향할 거야.

향할 수 없어도 어떻게든 앞을 향할게.

할 일이 산더미야. 해야 할 일이 잔뜩 있어.

나오는 정말 여러 가지 숙제를 내주었어.

큰일이야, 이 숙제.

하지만 계속 물으면서 살 거야.

해답이 나오지 않더라도…….

지금도 여전히 생각해. 뭐 이런 슬픈 일이 다 있나, 하고.

'마음'은 여기 있다는 거 알고 있어. 그래도 보고 싶어서, 보
고 싶어서, 견딜 수가 없어. 아직 믿고 싶지 않아. 사랑하는
'우리 아이'의 첫 번째 생일. 한심하게도 난 내내 울기만 했
어. 그랬더니, "오늘은 나오 씨가 애쓴 날이잖아. 그러니 웃
으며 보내야 해"라고 말해주는 사람이 있었어. 그래, 맞아.
나도 머리로는 알고 있어. 알고는 있는데…… 안 되지, 이
러면…….

슬프지만, 사람이 이토록 따뜻하다는 것도 알게 됐어.

이런 말 하긴 싫다. 지금도 곁에 있어주길 바라니까.

하지만 정말 애 많이 썼어, 나오.

끝으로, 나오는 '엄마'야. 이 세상 하나뿐인 최고의 엄마야.

우리 두 사람의 아이를 반드시 지켜 보일게.

이 손을 절대 놓지 않을 거야.

고마워, 나오.

정말, 고마워.

앞으로도 '셋이서' 살아갈 아빠로부터